〖中华诗词存稿·名家专辑〗
中华诗词学会 编

南园词稿

蔡世平 著

中国书籍出版社
China Book Press

图书在版编目（CIP）数据

南园词稿 / 蔡世平著 . -- 北京：中国书籍出版社，2019.9

（中华诗词存稿）

ISBN 978-7-5068-7413-7

Ⅰ. ①南… Ⅱ. ①蔡… Ⅲ. ①诗词—作品集—中国—当代 Ⅳ. ① I227

中国版本图书馆 CIP 数据核字 (2019) 第 181484 号

南园词稿

蔡世平 著

责任编辑	王志刚
责任印制	孙马飞　马　芝
封面设计	采薇阁
出版发行	中国书籍出版社
地　　址	北京市丰台区三路居路 97 号（邮编：100073）
电　　话	（010）52257143（总编室）（010）52257140（发行部）
电子邮箱	eo@chinabp.com.cn
经　　销	全国新华书店
印　　刷	北京虎彩文化传播有限公司
开　　本	710 毫米 ×1000 毫米 1/16
字　　数	200 千字
印　　张	16.5
版　　次	2019 年 9 月第 1 版　2019 年 9 月第 1 次印刷
书　　号	ISBN 978-7-5068-7413-7
定　　价	198.00 元

版权所有　翻印必究

《中华诗词存稿》编委会名单

顾　　问：郑欣淼　郑伯农　刘　征　沈　鹏　叶嘉莹

编 委 会：（按姓氏笔画排序）

丁国成　王　强　王改正　王德虎
刘庆霖　吕梁松　李一信　李文朝
李树喜　陈文玲　张桂兴　范诗银
欧阳鹤　杨金亭　林　峰　罗　辉
周兴俊　周笃文　宣奉华　赵永生
赵京战　钱志熙　晨　崧　梁　东
雍文华

主　　任：范诗银

副 主 任：林　峰　刘庆霖

执行主编：吕梁松　王　强　李伟成

秘　　书：李葆国

作者简介

蔡世平，知名词人、国家一级作家、中国作家协会会员。国务院参事室中华诗词研究院原首任常务副院长，中国国学研究与交流中心特聘专家，中国当代诗词研究所所长，中国楹联学会顾问。主要作品集有：词集《南园词》《南园词二百首》《21世纪新锐吟家诗词编年》《南园词稿》、楹联集《南园楹联》、散文集《大漠兵谣》、诗论集《中华诗词现代化散论》《南园词话》、书法集《词随心动——蔡世平自书南园诗词》等。蔡世平的"南园词"被学界称之为"词体复活的'标本'。"部分"南园词"亦由《人民文学·外文版》等媒介译介到国外。评论《南园词》的专著有《南园词评论》（李元洛、周笃文、王兆鹏等著，中国青年出版社2015），课题研究著作有《旧体词的当代突围——以蔡世平南园词为例》（王雅平著，中国青年出版社2015）。

总　序

　　我们这个诗歌大国有一个很好的传统，历来注重"采诗"、搜集整理诗歌材料。作为唯一的全国性诗词组织的中华诗词学会，自1987年5月成立以来，就十分重视这项工作。学会每年的学术研讨会和历届华夏诗词奖，都出版论文集和获奖作品集。纪念学会成立二十年、三十年时，还专门编辑出版了《大事记》《论文选集》《诗词选集》。《中华诗词》创刊以来，每年都制作年度合订本。2007年5月，在"北京天识东方文化艺术传播有限公司"资助下，以近代以来诗词创作、诗词理论、诗词运动重要文献汇编，当代名家个人作品专集等为主要内容，出版了《中华诗词文库》。经过十来年的编辑整理，已经出了近百卷。这些诗集、文集的出版，记录了近百年来尤其是改革开放四十多年来，中华诗词从起步、复苏走向复兴的砥砺前行的历程，为近、当代诗歌史的撰写准备了丰富的资料。

　　党的十八大以来，中华民族优秀传统文化重新受到应有的重视。习近平总书记《念奴娇·追思焦裕禄》词和《军民情》七律的相继发表，引领中华大地诗潮滚滚而来。《中共中央关于繁荣发展社会主义文艺的意见》和中办、国办《关于实施中华优秀传统文化传承发展工程的意见》，都明确提出"加强对中华诗词、音乐舞蹈、书法绘画、曲艺杂技和历史文化纪录片、动画片、出版物等的扶持"。国家教育部组织制定由中华诗词学会起草的新中国语言体系中的新韵书《中华通韵》已经通过国家语言文字工作委员会语言文字规范标准审定委员会审定，即将颁布全国试行。这些，都使我们真切地感受到，中华诗词的春天真的到来了。诗人们乘着骀荡春风，正以高昂的激情，书写着中华民族伟大复兴的新时代、新史诗，国家富强、民族振兴、人民幸福的中国梦；正以与人民同呼吸、共命运的诗人之心，对人民的欢乐，人民的忧患，人民的情怀给以诗意的表达；正以"美"或"刺"的诗人之笔，对市场经济大潮中人民对幸福生活的期待，对美好未来的希望，对假丑恶的深恶痛绝，或给以方向，或给以赞美，或给以鞭挞。正如习近平总书记所指出的："好的文艺作品就应该像蓝天上的阳光、春季里的清风一样，能够启迪思想、温润心灵、陶冶人生，能够扫除颓废萎靡之风。"

当前，传统诗词创作者和诗词爱好者队伍发展迅速，已超过三百万。每天创作的诗词作品超过唐诗、宋词、元曲的总和。诗词评论研究队伍也成长很快，诗词评论、诗词学、诗词创作理论研究成果丰硕。如何从浩如烟海的诗词作品中"淘"出优秀作品，并使之存下来、传下去，如何使诗词研究理论成果"面世"并发挥应有的指导作用，确实是摆在我们面前的无可回避的一个重要课题。中华诗词学会是一个没有国家编制，没有国家拨款的社会团体，事业的运转主要靠社会赞助和会员费支撑。俊识（北京）文化传媒有限公司总经理吕梁松，北京采薇阁总经理王强，两位一直是对中华传统文化情有独钟的热心人，慷慨解囊，愿意同中华诗词学会一起，搜集整理编辑推出《中华诗词存稿》这套书，共同为中华诗词文化的继承和发展，做成这件十分有意义的事情。

《中华诗词存稿》主要搜集整理出版三部分内容的资料：一是当代诗词名家的个人作品集；二是当代诗词评论家、诗词学者的学术著作集；三是当代诗词作品、诗词理论学术成果阶段性、专题性、地域性的集成类作品集。诗词作品强调精品意识，沙里淘金，把"有筋骨、有道德、有温度"的优秀诗词作品搜集起来。诗词评论、研究类资料强调理论性和创新性，应具有鲜明的个性特点，具有创建性的见解。集成类的资料应有一定的史料保存价值。总之，做成一套具有当代价值和历史意义的好书。在此，我们编委会人员，向提供资料，筛选编辑，版面设计，校对勘误，包括所有为这套资料付出辛勤劳动的同志们，表示真诚的谢意！

郑欣淼
二〇一九年七月于北京

词人蔡世平

——序《南园词稿》

陈启文

一

曾经认识一个写散文的蔡世平。把散文写到他那个样子已经很不容易了，尤以《大漠兵谣》（解放军出版社，2005），最见性情，也最见功夫，能以谐趣玩味之语，抒写出兵人的那种不可动摇的尊严，人的不可动摇的尊严，人味儿又都原原本本地保留着。能写这样一笔文章的人，我想，肯定是一个从没害过人的人，也没想过要害谁的人，所以就与世无争，所以就敦厚博爱，是那种好人写出来的好文章，多的是老实，少的是异质与锋芒，正是这一点把他给局限了，也就难以让我们感受到那种爆发出来的潜能，一个人当了那么多年的边塞军人，都极少爆发，连我都觉得可惜了。

二

突然又认识了词人蔡世平，这让我吃惊不小，这些词，是他写出来的吗？如果是，无异于一种飞跃，无异于浴火重生的一次涅槃，仿佛是一夜之间就豁然大悟了。

谁都知道，词到宋时已至难以逾越的高度，宋以后历世词人，虽不乏名篇佳什，但仅见枝叶难觅森林，连不成一片就难以成气候。我当然不敢说蔡世平的词堪与宋人比肩，但我斗胆说一句对自己的诚实负责任的话，蔡词至少在今天，是难得一觅的真正好词，是国中词章中的上佳之作。尽管我对他选择这种表达方式感到奇怪，都到什么年代了，他还在戴着镣铐跳舞，是否太不与时俱进了。然而更加让我奇怪的是，这个戴着镣铐跳舞的人，却在他的词里得到了最大限度的自由，比他的散文、评论自由，比他的为人处世自由。这种自由，不是别的，就是艺术创造中最不可少的内在精神的自由。因了这一种自由，蔡某人不再是缩手缩脚的小脚媳妇，他一改往日腼腆的性情，开始放纵自己，有放纵方可有爆发，方可调动自己的全部艺术感觉和人生经验，从心所欲。

《汉宫春·南园》："搭个山棚，引顽藤束束，跃跃攀爬。移栽野果，而今又蹿新芽。锄他几遍，就知道，地结金瓜。乡里汉，城中久住，亲昵还是泥巴。"蔡世平竟敢这样写，别人都不敢，他敢。看似平常，实不平常，泪流干了，血流尽了，方得此言。这样的佳句还有不少："老太到湖边，背货清凉卖。掏得酒钱来，且与湖光买。"(《生查子·湖边》)。"总记得，花猪栏里闹；总记得，花鸡枝上叫。荷花白，谷花黄。归来放学抓猪草，几家顽伴捉迷藏。"(《最高楼·悲嫁女》)。蔡世平仅仅只是怀乡吗，词中仅仅只有乡愁吗，非也。蔡世平以白话入词，却能以平常心对平常事物赋予新的理解和延展，一个不经意的姿态或动作，就可以让我辈生出蓦然回首的感动，蓦然回首看到的并非昔时岁月，却是天命与人性于深渊中的苦苦挣扎，不经过一番挣扎，在那个"抓猪草"的小孩子之后，就不会有那个"城中久住"的"乡里汉"，更不会有"亲昵还是泥巴"的切肤人生体验。这就像我们读《桃花源记》，如果我们只是读到了梦里桃源之美而击节赞叹，那是浅层共鸣，在那最美丽的桃花源背后，是满目凄凉肃杀的残忍现实，你悟到了这一层，你才算真正读懂了陶渊明，你也就更加明白了灾难深重的中华民族为什么要辈辈不绝地怀抱着一个幻梦而久久不放。蔡世平在他的词里暗示了这一点，又不止于这一点。他还想找到点别的什么。寻找意味着一次新的出发。他写出发总是那么茫然，"天涯从此南塘路，只伸向，村湾梦里，迷蒙深处"。这不仅是蔡世平个人的迷蒙，而是整个人类的迷蒙，谁又说得清，人类最终会走向哪里？永远在路上，永远的迷蒙，也就只好"到娘家，问寻泥土"。这个娘，是人类精神的母亲，这个家是人类永怀不舍的精神家园。这正是人类宿命的、普遍的困境。

摆脱这种困境，不靠别的，靠自由，而最高的自由之境，是古人所谓的"坐忘之境"，每有会意，迅速地捕捉它，真切地表现它，大抵禅道唯在妙悟，诗词之道亦在妙悟。入此境者，心要空，身体要空，一个充满了各种世俗欲望、想把这世界上的一切都拼命抓住的人，是谈不上什么境界的，只能一辈子陷在烂泥一般的低级生活中，还自以为他的生活质量很高，实在不过臭皮囊一个而已。蔡世平不是圣人，也有其不甘于寂寞的一面，但他不钻营，不投机，在世俗生活与精神境界中懂得分寸，知道取舍，他的感觉还那么敏锐，却又是常人的敏锐，如《画堂春·南湖记游》：

> 南湖烟柳碧溶溶，春花白白红红。小舟忙了坐舟人，燕也匆匆。　　难得清明天气，闲来放却心情。最怜小女眼波横，看水吹风。

这种灵动而微妙的敏感，在蔡世平的散文中却不多见，这种微妙也是缘于心性的自由，篇中叙写的情态，懒洋洋的却神奇迷人。蔡氏善写小词，炼字亦绝，佳句俯拾即是，我尤其喜欢那首《小重山·春愁》：

一片心伤落碧条，雨随春梦到，打芭蕉。近来词客好心焦。长短句，句句不妖娆。　　总是路迢迢。多情人去后，信音遥。非烟非雾哪能描。愁如许，惆怅读离骚。

写尽了缠绵悱恻，却不是那种小女人式的淡淡的哀愁或悲伤，而是一种很深刻的疼痛，刻骨铭心。

文学艺术中最难得的氛围，也于自由之中化育。蔡氏词对氛围的营造亦不乏佳作，最妙的一首我以为是《贺新郎·题龙窖山古瑶胞家园》："石寨沉沉荒草里，尚依稀，门动瑶娘笑。摸祀柱，苍烟袅。""西风残照南迁道。过山瑶，衣衫泪湿，把家寻找。岁岁年年频回首，何日故园重到。多少痛，都随梦绕。流水落花春又去，只瑶歌，滴血青山老。"叙写悲别故土的世界尽头，却有沧桑不尽之感，油然令人想到《诗经·小雅·小弁》之句："维桑与梓，必恭敬止。"蔡词与《诗经》之中这种古老的情绪一脉相承，人心在此种情绪中最单薄，也最容易穿透，穿透了方有此种诗性的世界，非如此不可，否则就漠然得好像是在陈述一个老化褪色的故事。

三

诗难写,旧体诗词尤难,当今旧体诗词在各处依然泛滥,但徒有形象枯槁的格律和僵死的词牌而已,读来酸气扑鼻令人想吐。那不是诗人词人,所写的也只是一种被称做诗词的体裁而已。其实别的艺术门类,也大抵如此,现在想当作家、诗人并非难事,可以走各种各样的甚至与文学艺术无关的捷径,但有一点是肯定的,通向真正的文学艺术殿堂,永远只能靠文学艺术本身。

蔡世平的艺术良知和对艺术的虔诚令我感动,在他交给我的这卷《南园词稿》里,有很多写得相当不错的甚至保存了数年的篇章,又被他撕掉了,这是一种勇气,也是对艺术的一种正视和敬畏。我偶尔也会撕毁自己不满意的稿子,我知道这有多残忍,几如撕心裂肺一般。现如今是个人都在写字儿,都在出书,在如此贸然涂鸦的世风之下,蔡世平却能对艺术如此真诚,这让我感动,也让我更加坚信,当他把自己身上多余的东西一点一点地丢掉时,也会找回更多的东西,最终找到他自己,同时也把我们带入一种更高的审美境界。

陈启文 著名作家,中国作家协会全委会委员,国家一级作家,东莞市作家协会主席。

目　录

总　序 …………………………………………… 郑欣淼1
序：词人蔡世平 ………………………………… 陈启文1

蔡世平书法 ……………………………………………… 1

汉宫春·南园 ……………………………………………… 1
满庭芳·旧忆 ……………………………………………… 1
沁园春·春城 ……………………………………………… 2
风入松·山行 ……………………………………………… 2
贺新郎·题龙窖山古瑶胞家园 …………………………… 3
烛影摇红·八景文思 ……………………………………… 4
行香子·秋游桃花湖 ……………………………………… 4
青玉案·桃桃曲 …………………………………………… 5
贺新郎·剪水裁山 ………………………………………… 5
唐多令·伤春 ……………………………………………… 6
行香子·春寒 ……………………………………………… 6
蝶恋花·感赋 ……………………………………………… 6
小重山·春愁 ……………………………………………… 7

解佩令·西邻女	7
御街行·江南青草	8
卖花声·春动南园	8
绮罗香·绣树新花	9
临江仙·咏　月	9
念奴娇·故乡行	10
贺新郎·梅魂兰魄	11
画堂春·南湖记游	11
沁园春·葫芦	12
贺新郎·从军别	13
生查子·月满兵楼	13
采桑子·春别	14
贺新郎·"非典"	14
解语花·枝上蓝花鸟	15
浪淘沙·夕照归舟	15
卜算子·静夜思	16
生查子·湖边	16
最高楼·悲嫁女	17
燕归梁·乡思	17
霜叶飞·剑断沙场	18
青玉案·湘江渡口	18
青玉案·兵婚	19
西江月·轮台	19
中兴乐·夜月湖光	20

蝶恋花·落花吟 …………………………………… 21

念奴娇·登岳阳楼 …………………………………… 21

一寸金·青山石斧 …………………………………… 22

少年游·西窗梦影 …………………………………… 22

青门引·芝兰词境 …………………………………… 23

夜行船·明月禅心 …………………………………… 23

鹧鸪天·天涛地草 …………………………………… 23

秋波媚·望城思绪 …………………………………… 24

浪淘沙·月影浮霜 …………………………………… 24

生查子·江上耍云人 ………………………………… 24

点绛唇·南疆犬吠 …………………………………… 25

生查子·雾锁江天 …………………………………… 25

烛影摇红·春到成都 ………………………………… 25

浪淘沙·春意春栽 …………………………………… 26

摸鱼儿·飞燕山 ……………………………………… 26

秋波媚·陶意年年 …………………………………… 27

浣溪沙·饕山餮水 …………………………………… 27

贺新郎·叶落秋心 …………………………………… 28

万年欢·踏月瑶娘 …………………………………… 29

浣溪沙·梦里渔郎 …………………………………… 30

蝶恋花·牧羊舞韵 …………………………………… 30

朝中措·地娘吐气 …………………………………… 30

临江仙·捉蝶 ………………………………………… 31

八声甘州·雁放天声 ………………………………… 31

江城子·雾山行女	32
江城子·兰苑纪事	32
人月圆·天山日出	33
高阳台·葬鸟辞	34
醉花阴·初春	35
贺新郎·说剑	35
鹧鸪天·湘女出塞	36
清平乐·夏梦	36
蝶恋花·暑	37
蝶恋花·黄昏	37
临江仙·荷塘	37
醉花间·月	38
一剪梅·游子吟	38
临江仙·洞庭迷魂阵	39
生查子·鸟叫花枝	39
桂殿秋·戏梦	39
西江月·牧莺人	40
桂殿秋·中原秋月	40
贺新郎·虎影词心（二首）	41
临江仙·听色观音	42
蝶恋花·情赌	42
浣溪沙·初见	43
梦江南·明月黄昏	43
贺新郎·寻父辞	44

蝶恋花·路遇…………………………………… 44

梦江南·元夜…………………………………… 45

一剪梅·短梦耕泥……………………………… 45

浣溪沙·题金狐图……………………………… 45

临江仙·水色云花……………………………… 46

鹧鸪天·春种…………………………………… 46

定风波·千载乡悲……………………………… 47

鹧鸪天·清凉曲………………………………… 47

蝶恋花·昆仑兵歌……………………………… 48

蝶恋花·月月歌………………………………… 48

生查子·空山鸟语……………………………… 49

沁园春·刀剑书郎……………………………… 49

生查子·花月春江……………………………… 50

永遇乐·老屋纪事……………………………… 50

临江仙·牙痛…………………………………… 52

临江仙·童猎…………………………………… 52

夜飞鹊·题莽苍苍斋(二首)…………………… 53

浣溪沙·空耕菰米……………………………… 54

蝶恋花·街景…………………………………… 55

临江仙·南塘梦影……………………………… 55

临江仙·割竹…………………………………… 56

水调歌头·春思………………………………… 56

贺新郎·读《花间集》………………………… 57

蝶恋花·说梦天涯……………………………… 57

临江仙·绣口成花 …………………………………… 58
水调歌头·山鬼 ……………………………………… 58
浪淘沙·美人居 ……………………………………… 59
贺新郎·米泉 ………………………………………… 60
清平乐·凤凰山写意 ………………………………… 61
清平乐·烟波江上 …………………………………… 61
浣溪沙·明月清泉 …………………………………… 62
鹧鸪天·谁洗长河 …………………………………… 62
鹧鸪天·夜宿影珠书屋 ……………………………… 63
清平乐·江南采莲女 ………………………………… 63
水调歌头·土器 ……………………………………… 64
水调歌头·冰雪江南 ………………………………… 64
蝶恋花·炉筒钩心 …………………………………… 65
生查子·山河玉骨 …………………………………… 66
临江仙·泪落黄昏 …………………………………… 66
满庭芳·山娘遗梦 …………………………………… 67
沁园春·血注汶川 …………………………………… 67
蝶恋花·莲 …………………………………………… 68
浣溪沙·天书 ………………………………………… 68
浣溪沙·鸭绿江 ……………………………………… 69
浣溪沙·长白山浪漫 ………………………………… 69
蝶恋花·梅语轻轻 …………………………………… 70
定风波·城市童谣 …………………………………… 70
清平乐·月色堆沙 …………………………………… 71

词目	页码
忆少年·又写南园	71
卖花声·乡梦	71
临江仙·秋行	72
江城子·小河清影	72
浣溪沙·天山行宿	73
沁园春·放鹤人归	73
贺新郎·洞庭渔娘	74
金缕曲·岳州窑歌记	75
贺新郎·湛奶奶	76
朝中措·秋摘	76
贺新郎·酒徒	77
卜算子·古巷	77
浣溪沙·黄昏丝雨	77
生查子·春失	78
临江仙·燕山半日	78
贺新郎·左宗棠	79
临江仙·天鹰残翅	80
浣溪沙·丝茅泣泪	80
菩萨蛮·买桃	81
鹧鸪天·荒村野屋	81
浣溪沙·土地生悲	82
菩萨蛮·黄昏有约	82
鹧鸪天·观荷	82
生查子·洞庭秋草	83

临江仙·青草湖渔歌 ………………………………………… 83
忆旧游·暗影横斜 ………………………………………… 84
浣溪沙·老梦芬芳 ………………………………………… 84
散天花·看　枣 …………………………………………… 85
浣溪沙·旅　夜 …………………………………………… 85
浣溪沙·石臼 ……………………………………………… 86
浣溪沙·桑村画境 ………………………………………… 86
清平乐·登楼赋 …………………………………………… 87
踏莎行·洪湖2010 ………………………………………… 87
梦江南·初　夏 …………………………………………… 88
一剪梅·洞庭大水 ………………………………………… 88
浣溪沙·清水塘 …………………………………………… 89
浣溪沙·洞庭田舍翁 ……………………………………… 89
贺新郎·崩霆曲 …………………………………………… 90
浣溪沙·油菜花农 ………………………………………… 91
定风波·玩泥汉子 ………………………………………… 91
贺新郎·红 ………………………………………………… 92
浣溪沙·谷　神 …………………………………………… 92
桂殿秋·晓梦微红 ………………………………………… 93
蝶恋花·留守莲娘 ………………………………………… 93
沁园春·高峰台 …………………………………………… 94
沁园春·南园晨话 ………………………………………… 95
生查子·雾月日记 ………………………………………… 95
浣溪沙·赤山二记 ………………………………………… 96

浣溪沙·观 兰	96
生查子·大湖泪	97
生查子·题南瓜晾晒图	97
浣溪沙·夏	97
蝶恋花·阅读长征	98
浣溪沙·缺月补圆	98
浪淘沙·熟土难离	99
鹊桥仙·京华笔记	99
一剪梅·江南一叶	100
鹧鸪天·俗眼留蓝	100
清平乐·疏影轻摇	101
浣溪沙·初入大使楼	101
秋波媚·小 芳	102
清平乐·立 冬	102
清平乐·片片飞红	103
庆清朝·又梦湘妃	103
踏莎行·春 帖	104
浣溪沙·读《西游记》	104
浣溪沙·思乡曲	105
清平乐·春	105
临江仙·墨海飞舟	105
菩萨蛮·洛阳花	106
贺新郎·笔墨千秋	106
相见欢·"捉菠萝"	107

清平乐·残宵问月 ·· 107

江亭怨·潇湘红 ··· 107

金缕曲·槐花落 ··· 108

高阳台·骑士 ·· 108

踏莎行·北极村放鸟 ··· 109

沁园春·指上风光 ··· 110

苏幕遮·远浦归帆 ··· 111

浣溪沙·梦回锡福围（八首）···································· 111

贺新郎·农 ··· 114

如梦令·玉兰花开 ··· 114

定风波·题《锦林秋霜图》 ······································ 115

定风波·题《霍林河源图》 ······································ 115

如梦令·明月海棠 ··· 116

菩萨蛮·藤芳坡纪游 ··· 116

临江仙·藤芳坡耕种 ··· 116

浣溪沙·脚下春天 ··· 117

金缕曲·楠 ··· 117

浣溪沙·雁影横天 ··· 118

浣溪沙·月瓜星豆 ··· 118

西江月·端午汨罗江 ··· 119

蝶恋花·读《百花赋》 ·· 119

鹧鸪天·纸上花 ··· 119

清平乐·村夏 ··· 120

金缕曲·北京中轴线 ··· 120

浣溪沙·歌者 …………………………………… 121

西江月·周年雨祭 ……………………………… 121

浣溪沙·读词 …………………………………… 122

南歌子·粗茶淡饭 ……………………………… 122

临江仙·乡村熟狗 ……………………………… 122

西江月·重读《大漠兵谣》 …………………… 123

江城子·暖日心情 ……………………………… 123

鹧鸪天·汉骨秦筋 ……………………………… 124

生查子·夜来灯火 ……………………………… 124

生查子·翠湖鸥影 ……………………………… 125

生查子·家在湖南 ……………………………… 125

浣溪沙·老屋 …………………………………… 126

临江仙·故居夜宿 ……………………………… 126

散天花·海棠 …………………………………… 127

水调歌头·西北雄儿 …………………………… 127

水调歌头·找鞋 ………………………………… 128

水调歌头·童话 ………………………………… 128

浣溪沙·解题 …………………………………… 129

水调歌头·黄河 ………………………………… 129

浣溪沙·夜半钟声 ……………………………… 130

生查子·天潇奏艺 ……………………………… 130

贺新郎·双龙配 ………………………………… 131

浣溪沙·梦里依稀 ……………………………… 131

金缕曲·中华韵 ………………………………… 132

蝶恋花·石芙蓉…………………………………… 132

鹧鸪天·沧浪之水………………………………… 133

清平乐·初夜台湾………………………………… 133

菩萨蛮·做客台南人家…………………………… 134

清平乐·空天明月………………………………… 134

临江仙·彰化途中………………………………… 134

清平乐·士林官邸………………………………… 135

清平乐·霜冷长河………………………………… 135

清平乐·嘤鸣古道………………………………… 136

鹧鸪天·尘世风光………………………………… 136

浣溪沙·地虫吟…………………………………… 137

临江仙·故乡天下黄花…………………………… 137

贺新郎·墨语山河………………………………… 138

鹊踏枝·梅………………………………………… 138

水调歌头·寿刘征老九十华诞…………………… 139

临江仙·柳庄……………………………………… 139

水调歌头·东湖曲………………………………… 140

鹊踏枝·邓婆桥…………………………………… 140

水调歌头·活土根芽……………………………… 141

念奴娇·罗子国公主（二首）…………………… 141

浣溪沙·隋梅……………………………………… 142

水调歌头·天台山纪游…………………………… 143

西江月·雾霾……………………………………… 143

蝶恋花·兵哥小唱………………………………… 144

水调歌头·虎 …………………………………… 144

鹧鸪天·白云窝 ………………………………… 145

虞美人·空山堂 ………………………………… 145

沁园春·清和园赋 ……………………………… 146

沁园春·立人书院赋 …………………………… 146

浣溪沙·兵婚小景 ……………………………… 147

鹧鸪天·都江堰 ………………………………… 147

水调歌头·贺新年 ……………………………… 148

金缕曲·落水神曲 ……………………………… 149

浣溪沙·一角苍茫 ……………………………… 150

鹧鸪天·看花谣 ………………………………… 150

浣溪沙·卫岗小唱 ……………………………… 151

浣溪沙·老石新花 ……………………………… 151

清平乐·梦里花仙 ……………………………… 152

临江仙·乡梦温存 ……………………………… 152

沁园春·君乡书院赋 …………………………… 153

沁园春·蝈蝈赋 ………………………………… 154

生查子·老夜鸣琴 ……………………………… 154

沁园春·光孝寺赋 ……………………………… 155

生查子·慈悲佛 ………………………………… 155

鹧鸪天·孔子读《诗刊》 ……………………… 156

浣溪沙·汉水飞鸾（二首） …………………… 156

卖花声·马樱花开 ……………………………… 157

沁园春·晓竹斋赋 ……………………………… 157

生查子·弦上黄莺语……………………………………… 158

鹧鸪天·铁笔文心……………………………………… 158

沁园春·燕都书院赋…………………………………… 159

临江仙·读《十二门》………………………………… 159

卖花声·夜雪…………………………………………… 160

水龙吟·厚地高天……………………………………… 160

菩萨蛮·江月玲珑……………………………………… 161

清平乐·君山…………………………………………… 161

水调歌头·绣春刀……………………………………… 161

望江南·词人…………………………………………… 162

沁园春·贾堌堆农家寨赋……………………………… 162

苏幕遮·岭南村画……………………………………… 163

沁园春·定窑赋………………………………………… 164

散天花·乡梦…………………………………………… 165

水调歌头·寿公歌……………………………………… 166

凤凰台上忆吹箫·秋天………………………………… 167

春从天上来·水远山遥………………………………… 167

沁园春·转河书院赋…………………………………… 168

虞美人·苍波调………………………………………… 169

沁园春·花溪书院赋…………………………………… 170

虞美人·河口…………………………………………… 171

临江仙·河口垂钓……………………………………… 171

沁园春·什刹海书院赋………………………………… 172
沁园春·长铁一中赋…………………………………… 173
菩萨蛮·开封西湖湾（二题）………………………… 174
沁园春·湘阴面馆赋…………………………………… 175
浣溪沙·月移花影……………………………………… 175

南园词 评论

试论《南园词》对传统词学的承传与超越……………… 179

蔡世平 解读

湖湘文化与蔡世平南园词…………………… 杨景龙 205
后　记……………………………………………… 蔡世平 219

蔡世平南园词墨迹

晓梦微红，鸡鸣不已，由她啄破秋皮。看秋天淡淡，云影低低。处处山山水水，情怯怯，秋色迷迷。家乡近，桃溪脉脉，木叶依依。　　归。归。问秋无语，总萍踪淼淼，辜负归期。要秋花许诺，旧约休提。莫说秋风南浦，人却在，茵梦湖西。趁今日，秋阳好好，晒晒乡衣。

　　　　　南园词　凤凰台上忆吹箫　丁酉秋　世平

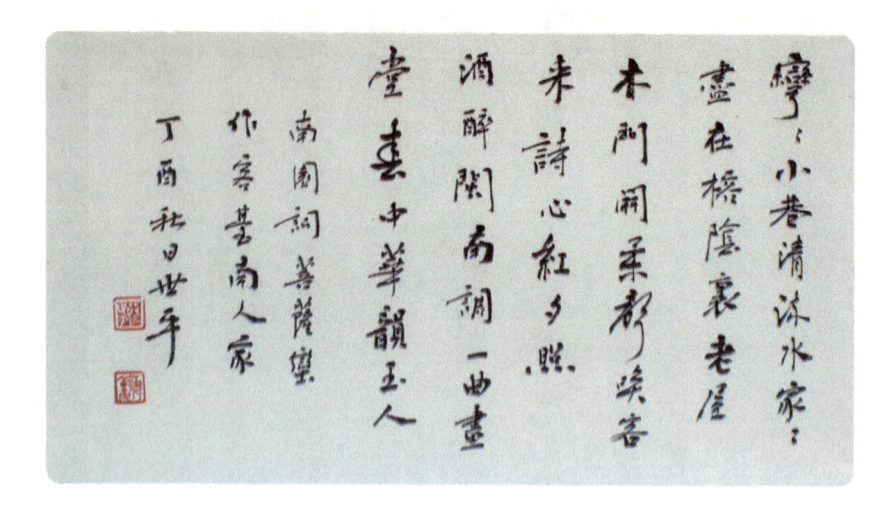

弯弯小巷清流水。家家尽在榕阴里。老屋木门开。柔声唤客来。　　诗心红夕照。酒醉闽南调。一曲画堂春，中华韵玉人。

南园词　菩萨蛮　作客台南人家　丁酉秋日　世平

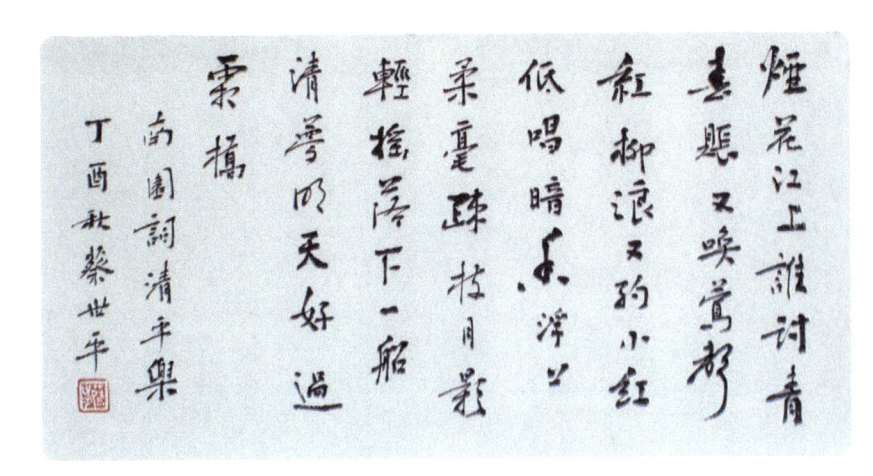

烟花江上。谁讨青春账？又唤莺声红柳浪。又约小红低唱。　　暗香浮上柔毫。疏枝月影轻摇。落下一船清梦，明天好过霜桥。

　　　　　　　　　　　南园词 清平乐 丁酉秋 蔡世平

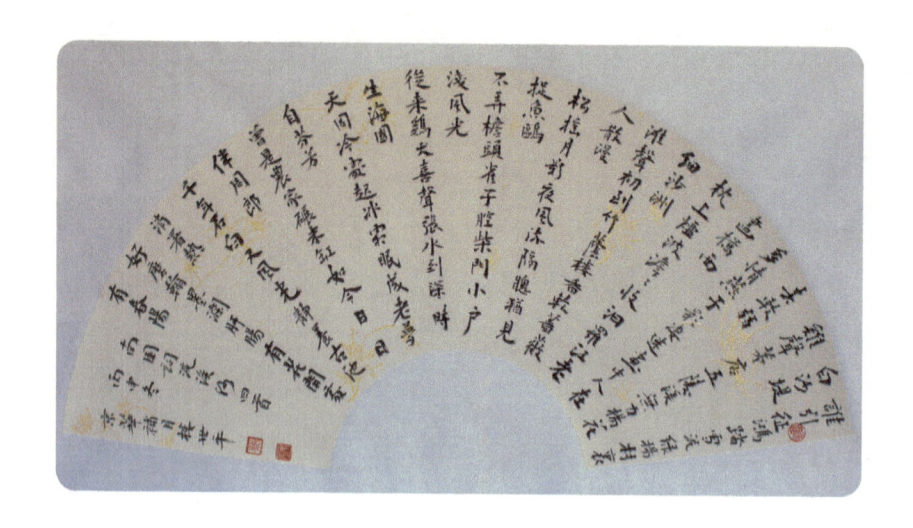

谁引征鸿踏雪泥？绿桑村里白沙堤。鸡声茅店武陵溪。
无力杨花春软弱，多情燕子影凄迷。画中人在画桥西。

枕上烟波淡淡收。汨罗江老细沙洲。滩声初到竹阴楼。
香软蔷薇人散漫，松摇月影夜风流。隔窗犹见捉鱼鸥。

不弄檐头雀子腔。柴门小户浅风光。从来鸡犬喜声张。
水到深时生海国，天因冷处起冰霜。眠成老梦自芬芳。

曾是农家碾米缸。如今日日伴周郎。千年石臼又风光。
静养古池消暑热，好磨翰墨润肝肠。有花开处有春阳。

南园词 浣溪沙四首 丙申冬京华补月楼 世平

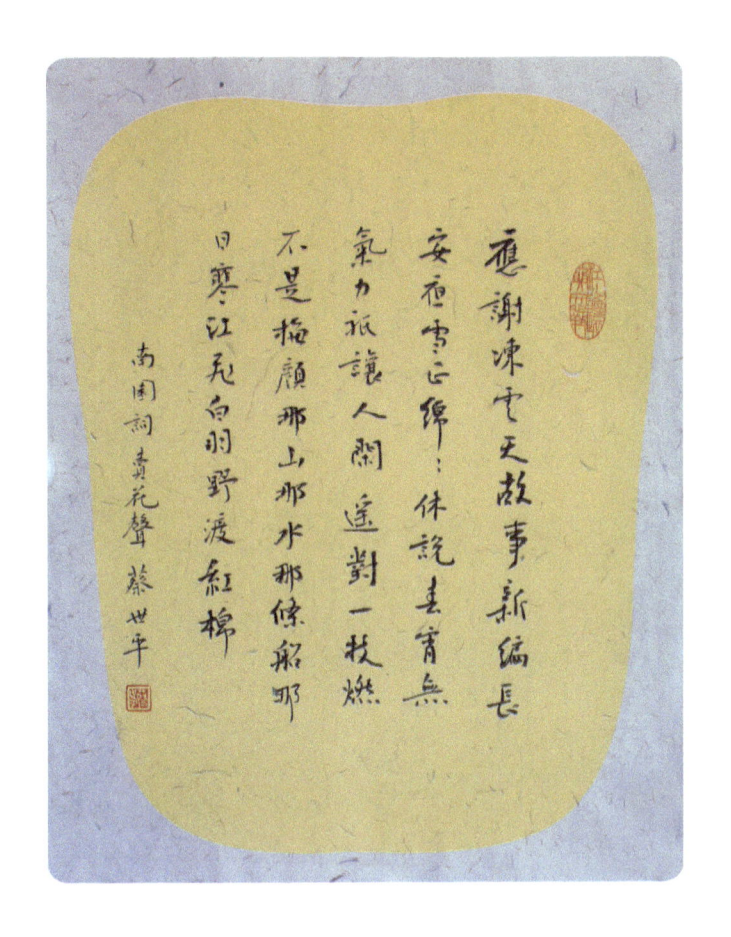

应谢冻云天。故事新编。长安夜雪正绵绵。休说春宵无气力，只让人闲。　　遥对一灯燃。不是梅颜。那山那水那条船。那日寒江飞白羽，野渡红棉。

南园词　卖花声　蔡世平

春风新柳燕　　秋月老藤瓜

　　　　　　　　　　　南园词句　丁酉世平

江山还要文心养

南园词句吾之最爱也 丁酉荷日 蔡世平

汉宫春·南园

搭个山棚，引顽藤束束，跃跃攀爬。移栽野果，而今又蹿新芽。锄他几遍，就知道，地结金瓜。乡里汉，城中久住，亲昵还是泥巴。　　难得南园泥土，静喧嚣日月，日月生花。花花草草，枝枝叶叶婀娜。还将好景，画图新，又饰窗纱。犹听得，风生水上，争春要数虫蛙。

2003年5月2日作，因名"南园词"，故放置第一首

满庭芳·旧忆

数点星声，几多萤语，晚蛙题句南塘。野风芳草，雷雨说潇湘。黄鹤楼头落日，烟波里，一脉斜阳。车窗外，羊城晓月，淡抹夜时妆。　　时长。挥不去，红楼翠影，柳色荷光。有佛心还在，明月西窗。难瘦胸中旧样。十年梦，没个商量。何曾却？涛声依旧，渔火汨罗江。

2002年4月27日 沅江

沁园春·春城

北雁南来，换了旧容，已到春城。念滇池雾鬓，千秋落照；西山绝唱，百世家魂。扑地风烟，扬天剑气，叱咤当年蔡氏兵。琴台梦，有高山流水，一曲知音①。　　踏歌世博园林，想世界，原来一小村。更红衣动处，莺声燕语；湘郎醉步，风走云行。才识西邻，又迷东户，乱入艺丛无处寻。归时候，赏压城豪雨，雨后新晴。

【注】

① 知音，即指电影《知音》，讲述蔡锷和小凤仙的故事。其主题曲《知音》为李谷一演唱，广为流传。

2002 年 4 月 28 日 沅江

风入松·山行

小花小草小风摇。歌踏外婆桥。路边摘得椒花戴，好羞羡，暗处山妖。苔石溪头小坐，啼鹃自在枝桃。　　拾来古币起情涛。嬉卦盼阳爻。摩挲擦拭知多少，说当时，珍重厘毫。惆怅莺声渐老，而今可唱童谣？

2002 年 5 月 25 日 南园

贺新郎·题龙窖山古瑶胞家园

龙窖山又称药姑山，在湖南岳阳临湘市境。二〇〇〇年，中国瑶学专家实地踏勘认定，龙窖山即瑶胞寻找中的故园"千家峒"。古瑶胞在此居住千年，于数百年前南迁至湘南、广西、广东、东南亚一带。龙窖山留下的瑶胞古迹不计其数，有石寨、石屋、石堤、石桥、祀司台等，令人叹为观止。眼前曾是一个民族的热血家园，而今人去山空，草萋林茂，能不叫人神思千古，洒泪而歌。

处处闻啼鸟。满葱茏，横斜竹影，乱枝争俏。闻说瑶胞生息地，春上药姑、龙窖。踏溪桥，心儿怯跳。石寨沉沉荒草里，尚依稀，门动瑶娘笑。摸祀柱，苍烟袅。　　西风残照南迁道。过山瑶，衣衫泪湿，把家寻找。岁岁年年频回首，何日故园重到？多少痛，都随梦绕。流水落花春又去，只瑶歌，滴血青山老。情百代，总难了。

2002 年 5 月 29 日　南园

烛影摇红·八景文思

　　作家韩少功在湖南汨罗市八景洞筑屋而居,沉入民间,潜心创作。二〇〇二年五月二十九日岳阳市作家、艺术家去八景洞采风,是以为记。

　　八景重来,飞莺引路林深处。湖山十里染晴岚,野色勾魂去。最赏韩郎风度。布衣轻,村居毛竹。月兰香袅,茅草低摇,马桥人语。① 　梦写情词,醒来尴尬平常句。夜深明月影双双,和泪相思诉。无奈肚空笔瘦。到娘家,问寻泥土。陈腔去也,烟火人间,天天新韭。

【注】
　① 月兰、茅草、马桥,分别指韩少功的三部小说:《月兰》《西望茅草地》《马桥词典》。

2002 年 6 月 1 日　南园

行香子·秋游桃花湖

　　树绕村庄。水绕村庄。小舟摇,摇醉秋阳。山居映碧,鸡唱篱墙。正姑儿红、楼儿白、橘儿黄。　　水上鸳鸯。船上鸳鸯。浅游鱼,也个情郎。晚烟丛里,谷酒堆香。只风吹来,人醉了、梦芬芳。

2002 年 10 月 20 日　南园

青玉案·桃桃曲

桃花谢却桃桃小。满眼是，晴风闹。两两桃林桃笑笑。"摘桃可好？""吃桃还早。"羡煞枝头鸟。　　桃庄去后桃心恼。做一枕，南窗觉。梦里桃林桃熟了。见桃不到，醉桃更杳。又瘦相思调。

2002 年 10 月 25 日　南园

贺新郎·剪水裁山

——致陈泥

四十岁洞庭汉子陈泥，二〇〇二年五月从黄浦江出发，徒步行走长江。现正跋涉在长江的崇山峻岭中。

君到宜宾否？半年来，餐霜宿露，形容消瘦？黄浦江边辞谢日，天地为朋为友。野风悍，撕残衣袖。鄂雨蜀云青海雪，有龙泉常握屠龙手。独行客，天涯走。　　男儿四十雄心久。最输他，温柔乡里，消磨时候。捉住长江头更尾，赢得精神不朽。应惭愧，青娥浴足①。铁步裁山还剪水，是豪英就写风流寿。几人醉，源头酒？

【注】
① 青娥浴足，足浴行业业态。

2002 年 11 月 13 日　南园

唐多令·伤春

绿上柳梢头。春伤滴滴稠。忆桃庄，一见好娇羞。月下拴船船未稳，风乍起，又行舟。　　珠玉泻莺喉，心歌浅浅流。醉湘郎，水媚又山柔。纵有相思千万缕，系不住，是离愁。

2003 年 2 月 26 日　南园

行香子·春寒

风也吹来。雨也飘来。更寒流，阵阵西来。叹春华词笔，冷落清斋。伴南园松、松间竹、竹旁槐。　　山也可裁。水也可裁。最心伤，两两情裁。绕离魂一缕，地角天台。是梦中人、月中桂、镜中苔。

2003 年 3 月 3 日　南园

蝶恋花·感赋

又写春词三两首。诉说相思，正是愁时候。风雨凄清伤别绪。恼人天气心情苦。　　不道长门今又误。绣得莺巢，总有鹃来住。君在枝前我在后。南园水绕桃庄树。

2003 年 3 月 5 日　南园

小重山·春愁

一片心伤落碧条。雨随春梦到,打芭蕉。近来词客好心焦。长短句,句句不妖娆。　　总是路迢迢。多情人去后,信音遥。非烟非雾哪能描。愁如许,惆怅读《离骚》。

2003 年 3 月 25 日　南园

解佩令·西邻女

邻家有女,年轻貌美,趋时尚、赶新潮,学欧美、学日韩,一天一个打扮,终被流行风,吹老了面容。

韩风也闹。欧风也闹。沐洋风,都个儿俏。酷妹西邻,早就梅枝占了。只由她,把春来报。　　东风也好。西风也好。流行风,春光吹老。镜里姿容,粉面又添烦恼。风、风、风,请慢些儿到。

2003 年 4 月 4 日　南园

御街行·江南青草

江南青草初初碧。浓淡衔羞涩。眠虫仄仄试娇声,蛙句池塘还比。一声亲切。一声情切。报得春消息。　　风生满眼花飞絮。乱入相思里。捉来晨梦赋新词,又被鹦哥呼起。恼他无理。恨他无理。却怪晴天气。

2003 年 4 月 8 日　南园

卖花声·春动南园

草色又花颜。春动南园。半开半启最堪怜。邻伴松莺枝上语,声也圆圆。　　心事总缠绵。又到眉边。且留淡月枕愁眠。还听山泉吟石里,赋到明天。

2003 年 4 月 9 日　南园

绮罗香·绣树新花

绣树新花,粘泥旧雨,独向山林闲步。好个晴天,也是无情无绪。有彩蝶,两两西枝;又翠雀,双双南竹。转前溪,路也弯弯,缠绵对对踏青侣。　　心思还向谁诉?唯念天涯路远,泪花盈袖。更有清词,赋得武陵人瘦。请莺娘,唱个阳春;风吹过,飘来断句。问向君①,艺笔京华,画离愁可否?

【注】
① 向君,崔向君,书法家。

2003 年 4 月 11 日 南园

临江仙·咏 月

应是晴光留倦影,潇湘水睡山眠。总疑身上暖轻棉。榴风无限意,吹梦玉楼前。　　软步娇娥羞见我,西窗欲语无言。可曾缺缺可曾圆。看她天上俏,病了有谁怜?

2004 年 4 月 15 日 南园

念奴娇·故乡行

　　一九七五年当兵新疆，一九七九年春第一次探家回湘。一九七六年十月抓了"四人帮"，一九七八年全国进入改革开放的新时期，人民精神面貌为之一振。

　　故乡山水，着春光，好是溶溶姿色。隐约蛮歌青翠里，村汉村姑韵也。瓜架东园，沁阳西户，闹雀南枝说。花香似酒，醉了多情游客。　　还忆"文革"年年，河山泪滴，遍体鳞伤血。十月东风卷寰宇，一扫霾烟云黑。喜了中原，乐了天府，笑了芙蓉国。沧桑如许，湘江又透新月。

1979 年记于湘阴十二门
2003 年 4 月 20 日　改定于南园

贺新郎·梅魂兰魄

别也何曾别？乱心头，丝丝缕缕，你牵他拽。缘浅缘深分得么？一样梅魂兰魄。只伤心，碧桃凝血。是处烟波残照里，又霜天晓雾朦胧色。谁能解，愁肠结？　　梦中昨夜双飞蝶。舞春风，繁花点点，枝枝摇曳。总念西山云雨散，湖上一弯新月。又明艳，相思红叶。我问蓝天欢喜燕，你南来北往风流客：这情字，如何写？

2003 年 4 月 23 日　南园

画堂春·南湖记游

南湖烟柳碧溶溶。春花白白红红。小舟忙了坐舟人。燕也匆匆。　　难得清明天气，闲来放却心情。最怜小女眼波横。看水吹风。

2003 年 5 月 2 日　南园

沁园春·葫芦

　　今春，沈桂英女士赠我北京带来的葫芦种子，植入南园，不日长出新苗，满心欢喜。回想一九八九年工艺美术大师、中国"葫芦王"兰州阮文辉先生赠我微雕葫芦，上刻唐诗十五首和山水画一幅。极珍爱之，感而有作。

　　旧壤新耕，播种葫芦，绘景南园。正春阳又过，留心切切；时雨还来，照看拳拳。地孕三朝，天妊九日，破土红芽跃跃欢。南风起，要竹绳搭架，任你攀援。　　兰州还忆从前。文辉老，葫芦赠少年。有针头小字，唐诗数首；青峰入画，翠鸟飞天。北水迢迢，南山隐隐，是处风光仔细看。葫芦里，应有些微物，藏我秋颜。

2003 年 5 月 3 日　南园

贺新郎·从军别

一九七四年十二月二十日，告别故乡，当兵新疆。

霜染寒村树。晓星沉，东方泛白，半天鱼肚。整理衣装行远足，又唤晨鸡催走。怎舍得，灶烟饭熟？怕别柴门难回首。不忍看，揩泪娘亲袖。放慢了，男儿步。　　天涯从此南塘路。只伸向，村湾梦里，迷蒙深处。黑海黄沙征战地，雪急浪高风吼。是何日，归家时候？似见归来风景换，闹声欢，呼叫屠猪手。且听我，楼兰曲。

2003 年 5 月 3 日　南园

生查子·月满兵楼

叶落响秋声，行也西风客。才送洞庭星，又赶昆仑月。　　明月满兵楼，兵老乡思切。似见故人来，对看天山雪。

1976 年中秋夜记于新疆呼图壁
2003 年 5 月 3 日　改定于南园

采桑子·春别

　　行行又到秋娘渡，春也难留。人也难留。总有烟波写别愁。　　潇潇雨赋芭蕉句，旧梦温柔。新梦温柔。不教青山染白头。

2003 年 5 月 4 日　南园

贺新郎·"非典"

二〇〇三年，全球"非典"疫情爆发。

　　童叟谈"非典"。恍然间，南天北地，狼烟又现。闹市而今少人行，更有白纱遮面。车船上，喧声不见。我念青山应不老，甚原因，处处还风险？天不语，空凄怨。　　镇妖我有昆仑剑。战云飞，铺张巨网，捉他遍遍。血铸长城铜铁志，哪给魔魂方便。似看见，雾消云散。大好家山人各爱，又清风，笑了青春脸。莺巧巧，花灿灿。

2003 年 5 月 5 日　南园

解语花·枝上蓝花鸟

南湖水态，金鹗山娇，枝上蓝花鸟。早春还报。一声声，啼得武陵人恼。可曾同调？唱一曲，阳关古道。汗血飞，日落长河，大漠孤烟袅。　　诗笔又删愁草。有秦时夜月，汉时晚照，唐时霜晓。都来也，添我酒囊词料。多情一笑，便惹得，玉山倾倒。只此时，梦里沉吟，一卷南园稿。

2003 年 5 月 5 日 南园

浪淘沙·夕照归舟

——致胡宁荪

湖上水波柔。莫数归舟。夕阳西下彩云羞①。还记前年诗句好，韵色江头。　　有酒就登楼。词笔风流。且将旧梦赶新愁。看取门前金鹗树，几个阳秋？

【注】

诗友胡宁荪有《鹧鸪天》词句："山不语，水东流。夕阳西下数归舟。"

2003 年 5 月 5 日 南园

卜算子·静夜思

一九七五年元月当兵到新疆。新兵连睡地铺，零下二十多度，滴水成冰，头靠墙，头发便被冰冻在墙上。后来戴皮帽子睡觉。月光如水，透过双层玻璃，盖在身上，冷极，静极。这时候想起湘江边上的她。

身盖月光轻，隔镜人初静。寸寸相思涉水来，枕上波澜冷。　　梦里过湘江，柳下人还问：我到边疆可若何？同个沙场景。

1975 年 3 月 30 日　记于新疆呼图壁
2003 年 5 月 6 日　改定于南园

生查子·湖边

老太到湖边，背货清凉卖。掏得酒钱来，且与湖光买。　　坐久石生风，吹恼相思债。目断燕飞天，看取烟波态。

2003 年 5 月 8 日　南园

最高楼·悲嫁女

伤心事,说着更心伤。无语立斜阳。孤零零地湖心月,冷清清地一川霜。只愁丝,今又向,夜边长。　　总记得,花猪栏里闹;总记得,花鸡枝上叫。荷花白,谷花黄。归来放学抓猪草,几家顽伴捉迷藏。喊声声,声巧巧,是亲娘。

2003 年 5 月 15 日　南园

燕归梁·乡思

昨夜蛙声染草塘。月影又敲窗。总将心事赋闲章。短句子,两三行。　　不知梦里,何时醉倒,横卧柳阴旁。乡音浓淡菜根香。看小妹,采青忙。

2003 年 5 月 19 日　南园

霜叶飞·剑断沙场

早莺啼觉。朦胧里，还留新梦缭绕。夜来雷雨动心思，是汉唐情操。献一束，瑶池碧草。殷勤迷得王婆笑。便羽翼生身，九万里，扶摇直上，好个鹏鸟。　　感慨剑断沙场，血红流水，幕谢台就空了。倦游游到楚天头，日落心情老。过去也，云烟渺渺。闲来整理相思调。幸有只，填词手，做个坟堆，葬他烦恼。

2003 年 5 月 31 日　南园

青玉案·湘江渡口

探家离别故乡，又渡湘江去新疆军营。湘江渡口，湖南湘阴县城通往河西垸的湘江轮渡。

桃花春水生南浦。晓天暗，丝丝雨。菜贩声声呼早渡。渡他归也，渡我还去。雾锁天涯路。　　鹊桥七夕银河曲。哪比烟炊茶饭熟。梦里东风帆再鼓。曙光初露，柳枝轻舞。荡漾波心处。

1979 年 5 月记于湘阴
2003 年 5 月改定于南园

青玉案·兵婚

  湘女黎小春来新疆与郑国良结婚，军营如同节日。当兵前两人恋爱，是时月夜，郑常送黎至村头晓桥处，并折柳相赠。

  八千旅路朝西北。楚天雨，祁连月。又报昆仑飞粉蝶。地镶银盘，琼枝摇曳，迎我潇湘客。 戍边婚事军营热。酒酣时，兵心野。戏问小春明月夜：晓桥又到，柳枝还折，可与诸公说？

1980 年 12 月 16 日 记于新疆昌吉
2003 年 5 月改定于南园

西江月·轮台

  三十功名尘土，八千里路胡沙。青春作伴走天涯，又到轮台城下。 酣酒葡萄架里，香妃墓畔人家。柳丝流水闹嬉娃[①]，落日枝头横挂。

【注】

① 南疆夏日，杨柳低垂，常见维吾尔男女小孩在水渠沟里戏耍。

1985 年 7 月记于新疆喀什
2003 年 5 月改定于南园

中兴乐·夜月湖光

　　军中才女刘烈娃，自京都来湘采访解放军"九八抗洪"，与之相识。情系天山，一见如故，互诉衷肠，倍觉亲切。烈娃一九七六年由长沙入伍新疆，为南疆军区歌舞团演员。现为解放军总后勤部专业作家。一九八四年前后，我曾与烈娃同在乌鲁木齐军区机关工作，她在后勤部，我在政治部，不曾相识，殊觉遗憾。烈娃能歌善舞，多才多艺，不仅文学、影视作品在军内外有影响，还有由她作词、作曲、演唱的《雪线女兵歌》歌带行世。

　　眼前还是戎时妆。征衣染上风霜。青春着色，别样芬芳。河山不语沧桑。动湘郎。佳期还会，琴弦不断，又续华章。　　木兰今日归故乡。应屠鸡鸭猪羊。情思隐约，泪眼偷藏。秋风撩起心伤。诉衷肠。轻舟短棹，南湖夜月，夜月湖光。

1998 年 9 月 28 日 记于南园
2003 年 5 月改定于南园

蝶恋花·落花吟

风雨敲春春又谢。目送桃源，花落飞如雪。琴弦断了音未绝。旧红不褪愁颜色。　　总比庄生追梦蝶。醉倒星城，痛饮南湖月。我问苍穹谁解得：女娲可补情天缺？

2003 年 6 月 1 日　南园

念奴娇·登岳阳楼

岳阳楼上，对湖光百里，汉唐情操。还有宋音流韵在，入我楚徒怀抱。血火周郎，华章范相，风度翩翩到。掏他肺腑，古今多少言笑。　　不断云梦烟云，洞庭雨雾，总在心头绕。应揽湖风生浩荡，一地鸡毛横扫！放马天山，飞车铁漠，气若昆仑照。只今犹叹：鬓边华发难了。

2003 年 6 月 4 日　南园

一寸金·青山石斧

洞庭湖中青山岛，有新石器时代遗址。一九九七年新秋，飞舟岛上，闲步沙洲，得石斧一枚。锋刃犹存，尚能切瓜剁菜。岛国神游，与先人一会。

石斧寒芒，切断涛波万重雾。见洞庭岛国，参差猎影；青山门洞，淡淡烟句。怯怯娘家路。芦花荡，搏鱼渔父；篱蓬里，樵母炊瓜，紫叶青藤细腰束。　黑背蛮哥，桠头捉果，枝下咿呀女。听楚音犹熟。一时情起，喊声姐姐，亲亲先祖。泪眼莹莹蕃。呼呼也，天风旧曲。悠悠也，水魄山魂，一梦成今古。

2003 年 7 月 14 日 南园

少年游·西窗梦影

南楼烟景，溶溶草色，犹记见时初。梦影西窗，秋风敲破，明月便模糊。　谁持快剪裁冬夏，天情也，有还无？蝶泪残花，鹤寒孤柳，滋味更村夫。

2003 年 10 月 5 日 南园

青门引·芝兰词境

　　总是芝兰影。偏向那时词境。汨罗江水绕新秋,热肠中酒,化作相思痛。　　洞庭昨夜风吹病。乱了心方寸。唤得长空千里雁,殷勤补我情天恨。

2003 年 10 月 6 日　南园

夜行船·明月禅心

　　落日横江枝上挂。又西风,吹来瘦马。断雁声中,孤帆影里,一幅廊桥残画。　　才铸新词成旧话。想当初,天痴地傻。做个禅心,映他明月,夜半梦兰风雅。

2003 年 10 月 8 日　南园

鹧鸪天·天涛地草

　　收拾湖南与岭南。潇湘江上发风帆。诗吞地草三千色,词饕天涛十万颜。　　才月月,几天天。清华文字泪花鲜。梦中只觉情山老,一夜沧桑海变田。

2003 年 10 月 10 日　南园

秋波媚·望城思绪

村烟才起两三家。晓色湿田纱。望城望断，云间雀子，可到长沙？　　殷勤问我楼兰客：咫尺总天涯？夜来只待，塞风放梦，湘水翻花。

2004 年 1 月 6 日 望城

浪淘沙·月影浮霜

思绪成边长。落照沙荒。少年心气剑声香。放马天山擒雪豹，铁臂鹰扬。　　旧梦断潇湘。月影浮霜。绣花园里少风光。唤得南疆荒犬吠，洗我柔肠。

2004 年 1 月 8 日 南园

生查子·江上耍云人

江上是谁人？捉着闲云耍。一会捏花猪，一会成白马。　　云在水中流，流到江湾下。化作梦边梅，饰你西窗画。

2004 年 1 月 11 日 南园

点绛唇·南疆犬吠

新疆南疆塔里木盆地，漠野千里，入夜一片狗吠，声铸河山。

　　铁漠惊魂，天涛卷地游龙舞。苍茫如许？百里铜音铸。　　古意千年，泪也捂成酒。声声苦。醉肠醉腑。一夜河山瘦。

2004 年 1 月 18 日　南园

生查子·雾锁江天

　　江上耍云人，惹得天姑妒。收起太阳花，放出弥天雾。　　鸟自树丛栖，鱼向深潭宿。不见路回家，雾里人孤独。

2004 年 1 月 24 日　南园

烛影摇红·春到成都

　　春到成都，浣花溪畔花枝艳。旧时月色满溪流，闲听呢喃燕。　　黄四娘娘笑面。是诗哥，开心又见。随他且入，草屋三间，唐风一卷。

2004 年 2 月 15 日　南园

浪淘沙·春意春栽

春雨湿春来。春意春栽。一丝一缕是情怀。春到春边春又去，春也心哀。　　春色绿春苔。片片乖乖。总将心事寄尘埃。随个夜风吹向那，天上蓬莱。

2004 年 2 月 28 日　南园

摸鱼儿·飞燕山

祖屋后山，绿树葱茏，形如飞燕，谓之飞燕山。那里长眠着我的爷爷、奶奶，还有我的父亲、母亲。飞燕山背靠洞庭，展翅南飞，但总也飞不出游子的眼睛。

是何时？飞来梁燕，蹲成一幅灵岫。山容不比湖容好，但看洞庭云雾。山里去。采野食当粮，露重单纱裤。蛮儿四五，执短棍长弓，丛林隐隐，猎杀绿毛兔。　　时艰苦。乐母嗔成笑父。依稀识得尊祖。村中故事年年老，续入半坡深腹。成厚土。望北岭青茶，红了南湾橘。新桑旧竹，总系我乡思，流光影里，挂在近阳树。

2004 年 2 月 28 日　南园

秋波媚·陶意年年

二〇〇四年四月,春满古都。西安新疆军区第一干休所之"陶斋",与分别十五年的老首长李月润先生伉俪重逢,好不亲切。回湘半月,陶斋草木,依然绿在心头。

潇湘夜雨湿长安。春色压枝弯。樱花梦里,牡丹心上,紫竹眉间。　　陶斋陶伯陶陶乐,北水映南山。陶风赏面,陶心润肺,陶意年年。

2004 年 4 月 20 日　南园

浣溪沙·饕山餮水

剥却层层时世装。围城今日放乡郎。饕山餮水喂饥肠。　　才捏虫声瓜地里,又拎蛇影过茅墙。桐阴几处拾清凉。

2004 年 5 月 16 日　南园

贺新郎·叶落秋心

　　一九七八年，新疆当兵四载，提干受阻。叶落秋悲，兵老心惊。沙场说剑，铁笛天音。

　　雁影南山宿。戍楼边，杨枝翠减，残阳如锈。何处马嘶风色里？也个英雄低诉。征衣上，依然尘土。草木人生谁护理？拟花期，无奈春难守。兵老矣，秋心透。　　兵旗战血红波吐。记辛翁，沙场列阵，点兵时候。还羡坡仙弓满月，烹得天狼肉熟。磨他个，吴钩若烛。捏瘦昆仑成铁笛，遣风涛，拔雪天山路。留好梦，屠苍狗。

1978 年记于新疆呼图壁
2004 年 5 月　改定于南园

万年欢·踏月瑶娘

  湘北、鄂南交界处之龙窖山,即瑶民寻找中的故园"千家峒"。古瑶胞在此居住千年,于数百年前南迁至湘南、广西、广东一带。二〇〇四年五月六日,与陈启文、黄兰兰、刘国文诸君游龙窖山。雨后初晴,是夜,月华如泼,清晖耀地,能看书识报,大奇!遂即兴夜游。风送幽香,神清气爽,恍若飘仙。转过一道山弯,只见轻烟袅娜,妖冶、凄艳。又有异响,其声细细,更觉凄迷。疑遇瑶娘。

  月下烟轻,是山魂水魄,翩然自舞?风也多情,吐出一川香雾。隐约姑音小小,才听得,又成断句。当应是,三五瑶娘,踏月旧家庭户。 乡思可与谁诉?只残垣草里,莺栖茅屋。且把愁心,寄向石阶老树。还盼新枝频发,绿年年,不曾辜负。从今后,明月眠溪,夜夜瑶山同宿。

2004 年 6 月 17 日　南园

浣溪沙·梦里渔郎

拔得南山竹一枝。去枝去叶挂麻丝。钓弯童趣喂乡思。　　蛙语响湾鱼急急，柳花湿岸蝶迟迟。渔郎梦里武陵痴。

2004 年 7 月 31 日　南园

蝶恋花·牧羊舞韵
——观范泽容蒙古舞《牧羊姑娘》。

安顿群羊闲散了。牧野莺飞，又放甜甜调。且卷云裳缠地绕。飘裙旋得天风叫。　　醉眼看花花懊恼。马上心情，不与行人道。行到天边生晚照。天涯红透相思草。

2004 年 11 月 20 日　南园

朝中措·地娘吐气

且将汗水湿泥巴。岁月便开花。闻得地娘吐气，知她几日生娃。　　一园红豆，二丛白果，三架黄瓜。梦里那多蓝雨，醒来虫嚷妈妈。

2005 年 2 月 9 日　南园

临江仙·捉蝶

捉蝶纱窗影里,追它又上桑梨。无端心事绿枝枝。晚风吹落日,晓雾湿春衣。　　总向杨花深处,描摹柳色轻微。相思锁梦梦痴迷。飞莺山远近,明月夜东西。

2005 年 2 月 16 日　南园

八声甘州·雁放天声

新疆、甘肃当兵十五个春秋。解甲回湘又十数载矣!梦里冰河,金戈铁马,可惜黄昏。

问谁人,客里几潇湘,野木又生青?南园境界,草花风度,潇洒比鱼莺。好个武陵人氏,吩咐一山春。心若巡空雁,总放天声。　　行到烟波江上,又游魂浪荡,厉鬼狰狞。念天山猎豹,呼啸有苍鹰。更黄河饮马,天旋剑气,地吸铜音。如今向,斜阳影里,捏断黄昏?

2005 年 3 月 7 日　南园

江城子·雾山行女

——画手吴君,雾山被困,致词。

冻云低锁那边山。月痕干。鸟声残。问得封姨,何日散眉弯?行断茅湾三百里,山还在,雾尖尖。　　好春还要好心看。雨潺潺。意阑珊。说与阴晴,寒热莫相关。君有生春图画手,先做个,杏花天。

2005 年 4 月 29 日　南园

江城子·兰苑纪事

与陈启文、杨凭墙诸君去芭蕉湖乡村小筑名兰苑。

竹阴浓了竹枝蝉。犬声单。鸟声弯。笑说乡婆,山色拌湖鲜。先煮村烟三二缕,来宴我,客饥餐。　　种红栽绿自悠然。也身蛮。也心顽。逮个童真,依样做姑仙。还与闲云嬉戏那,鱼背上,雀毛边。

2005 年 5 月 3 日　南园

人月圆·天山日出

传说玉皇大帝曾会西天王母娘娘于新疆天池。天山日出可是他们的婴孩乎？天池又称"瑶池"。

玉皇又作瑶池会，最忆是桃花。更深时候，山容水色，飞梦天涯。　　山娃出世，银峰初露，惊起寒鸦。新晖暖到，冰茅豹穴，卖炭人家。

2005 年 5 月 5 日 南园

高阳台·葬鸟辞

　　入春，南园桂花树新叶铺张，绿阴匝地，一双白头小鸟筑巢其上。月余后，雏鸟嘤嘤，鸟父鸟母，殷勤喂食，鸟乐融融。是日，雷雨大作，风暴欺枝，鸟巢散地。雏鸟羽毛湿透，伏地抖索。我冒雨捉于避雨处。鸟父鸟母奋起攻之，鸟声凌厉。少顷，放雏鸟竹篮中，挂于檐下。鸟父鸟母不离左右，随时准备向"入侵者"袭击。次日，雷雨不息，雏鸟试飞数次，终因体力衰竭身亡。我葬雏鸟于南园小山，植青草覆盖。鸟父鸟母绕枝三日，叫声凄冽，哀绝莺寰。

　　断叶乌风，撕枝恶雨，黑雷还胀愁城。散地窝巢，惊慌湿翅雏莺。莺寰可有哀鸿曲？便唧唧，黄乳低鸣。最堪怜，鸟自无能，人自伤心。　　曾经多少家常日，羡双双对对，仄仄平平。别样情怀，伴他闲唱闲吟。相思昨夜莺词泪，觉枝头，有个莺魂。只而今，人到黄昏，怕听莺声。

2005 年 5 月 6 日　南园

醉花阴·初春

记得当时春浅秀。笑说芦林柳。柳色上枝头，十里心洲，寸寸相思厚。　　潇潇雨落黄昏后。更百千情绪。且向梦边行，江北江南，待把新词读。

2005 年 5 月 26 日　南园

贺新郎·说剑

家悬青铜剑，乃春秋战国时代兵器。一九八八年十二月二十二日，湖南岳阳县板桥村开荒造田时出土。历二千余年，仍完好如初，剑锋犹利，青光逼人。赋此，以壮词心。

闲睡黄泥地。两千年，埋名荒草，又逢知己。细数铜斑斑几点，应是美人红泪。似闻她，莫邪声息。多少吴王成旧土，只青山，活活长流水。流不断，春秋意。　　石光铁火铜风起。便造了，河山筋骨，男儿血气。从此文心悬剑胆，山也横成铁笛。怎辜负，吴戈楚戟？不向愁肠吟病句，铸新篇，还得青铜味。拈剑影，词心里。

2005 年 6 月 28 日　南园

鹧鸪天·湘女出塞

二〇〇五年夏秋，湘女只身赴疆，翻越天山南北，踏寻湘军足迹，著书成说。壮行赋赠。

行断南山又北山。胡杨有泪不轻弹。村夫一曲黄昏调，漏个乡音醉梦圆。　　糠叶苦，米瓜甜。百年种熟成边田。文章老到文襄柳，便有湘魂柳下眠。

2005 年 7 月 20 日 南园

清平乐·夏梦

生风放梦。晚月凉波动。并与仙娥成旧影。攀个天堂门径。　　归来整理词心。月痕一去难寻。看取南园土色，虫花蝶叶蛇根。

2005 年 7 月 24 日 南园

蝶恋花·暑

　　天上蛮儿谁管束？火日顽皮，烤得人间苦。卷叶芭蕉垂意绪。莺声却被蝉声覆。　　且向词肠搜好句。短信飞来，说着蓬莱雨。仿佛梦中闻帝语。倚窗我读清凉赋。

2005 年 8 月 1 日　南园

蝶恋花·黄昏

　　有个心情谁爱护？惆怅黄昏，又到黄昏后。闲步晴山牵落日。青春岭上遛愁狗。　　人走人来人若雾。晚照铺蓝，染梦潇湘去。隐约花飞花色舞。亦红亦绿相思赋。

2005 年 8 月 2 日　南园

临江仙·荷塘

　　照影花莺先到，舔波彩蝶来迟。一惊一乍是山狸。草丛窥动静，湿尾辨东西。　　天上星高几个，水中几个星低。麻蛙几个拥荷衣。声声衔月色，夜夜惹乡思。

2005 年 8 月 3 日　南园

醉花间·月

南山月。北山月。圆月何时缺。缺月挂疏桐,一树新花也。　攀上这边桠,挑个花枝折。赠与那边人,梦里香犹热。

2005 年 8 月 15 日　南园

一剪梅·游子吟

种得乡思市角旁。日也商量。夜也商量。几多新叶长芬芳。不是荷香。便是稻香。　故园消息着秋霜。风也清凉。雨也清凉。此时最忆是爹娘。才说衣裳。又说衣裳。

2005 年 8 月 16 日　南园

临江仙·洞庭迷魂阵

迷魂阵乃洞庭湖猎鱼器具，鱼虾入阵，鲜有逃脱者。久禁不绝，悲夫哉。

陆上刀兵久息，连绵烽火湖洼。长矛几处隐芦花。水中藏暗器，剑客品山茶。　　鱼父鱼婆泪落，鱼娃鱼崽喳喳：近闻人又黑心呀！洞庭眠噩梦，何处是俺家？

2005 年 8 月 18 日　南园

生查子·鸟叫花枝

有鸟叫花枝，鸟瘦花亦瘦。鸟瘦花不知，花瘦人知否？　　人是天地人，天地人心守。邀月上花枝，月又风吹皱。

2005 年 10 月 1 日　南园

桂殿秋·戏梦

昨夜里，到辽西。这人藏了那人衣。秋虫不晓人间事，只道南窗月色迷。

2005 年 10 月 5 日　南园

西江月·牧莺人

落日伤残水色，秋风瘦损山颜。牧莺人立洞庭边。不见南飞北雁。　　隐约天声细细，以为雁语甜甜。原来又是打鱼船。收拾湖花一片。

2005 年 10 月 7 日　南园

桂殿秋·中原秋月

家乡近，梦乡长。心中有尺为谁量？秋风又扫中原月，片片相思片片凉。

2005 年 10 月 21 日　京城返湘火车上

贺新郎·虎影词心（二首）

　　画家樊哲礼数十年涵养艺术之心。近年来，虎影随形，笔到神飞。二〇〇五年，绘成百虎图长卷。宏篇巨构，满眼风云，蔚为奇观；烂漫山光，红腾紫跃，夺人心魄。特题贺新郎二阕，以状其声威，也补我词心。

其 一

　　梦入松林里。劈空来，雷轰电闪，群峰伏地。捏断猎天钢样树，棒指那厮喉鼻。光影动，一团红黑。力尽翻江腾海劲，息丝丝，崩塌悬崖毙。跪拜了，山君子。　　又留战血驱狐鬼。走荒坡，蛇惊鼠窜，狼悲豹泣。纵是男儿筋骨好，也应常除锈迹。才不负，河山心意。多谢樊郎真肺腑，吐岩浆，磨老沧桑笔。舒一卷，风云气。

其 二

　　又访松林客。只眼前，烂漫山光，红腾紫跃。闲卧崖溪逗顽仔，尾断扰毛枝叶。忽闻得，鹰声凄冽。撕夺绿狼填饿肚，片时间，光影穿肠射。流尽了，黄昏血。　　河山不老风云色。一年年，铜坡铁岭，铸成传说。还有武郎拳脚好，并入民间图册。英雄事，几人能写？涵养精神撑战骨，睡沙荒，不叹乾坤窄。沉沉步，观图者。

2006 年 1 月 6 日 南园

临江仙·听色观音

　　总把天南地北,写成眼角眉心。相思句老几时新?翻愁杨柳曲,不见竹枝声。　　便到梦边听色,又于酒后观音。也曾湖上剪流云。裁红时女服,妆绿一天春。

2006 年 1 月 30 日　南园

蝶恋花·情赌

　　人与己设情赌:忘他一日,验情之深浅。皆闻"忘"落泪,毛发俱寒,不知心归何处。

　　删去相思才一句。湘水东头,便觉呜咽语。又是冰霜又是雾。如何青草生南浦。　　抛个闲情成赌注。岂料魂儿,迷失茫茫处。应有天心连地腑。河山隔断鱼莺哭。

2006 年 2 月 1 日　南园

浣溪沙·初见

弄妆者以熊、狐自喻。

对镜几回弄晓妆。青蛾淡淡舔晴光。熊头狐尾暗收藏。　　叫句老师唇没动,改呼宝贝口难张。慌忙粉面映羞郎。

2006 年 2 月 3 日 南园

梦江南·明月黄昏

天心里,心果是心栽。柳上黄昏莺啄去,堂前明月夜衔来。照见玉荷开。

2006 年 2 月 5 日 南园

贺新郎·寻父辞

江城。湘风茶楼收养坐台小姐所生之女,谓之"湘风女"。渐长,湘风女不知其父为谁,天真即失,童声苍凉。特为湘风女作寻父辞,求其父爱慰藉,也唤醒天下人父之心。

人海茫如雾。哪个是,娘的肝胆,儿的傲骨?潇洒男人皆辨识,一样风飞尘舞。只留下,心孤影瘦。好是夜深人睡去。又梦中,撕裂凄凉句:归来吧,女儿父! 天平应在天心处。又为何,阳光只进,那边门户?总举呆头伸泪眼,多少邻童笑语。真羡慕,娇儿宠父。都说茅根连地腑。是俺爸,应感儿的哭。心缺了,谁来补?

2006年2月12日 南园

蝶恋花·路遇

二〇〇六年冬去乡下,路遇村汉呆立寒风中,一脸茫然。妻子畏贫,抛下两个患白血病的儿子,弃家而去。

一地清霜连晓雾。村汉无言,木木寒风伫。曾是娇妻曾是母。而今去作他人妇。 世道仍须心养护。岂料豺狼,叼向茅丛处。谁说病儿无一物。还留血泪和烟煮。

2006年2月13日 南园

梦江南·元夜

　　烟花灿。声色片时间。闲月街头迷熟路，随风且入烂银滩。心事夜摧残。

2006 年 2 月 16 日　南园

一剪梅·短梦耕泥

　　短梦耕泥夜夜勤。晴播莺声。雨播虫声。眸田总种一园春。行也茵茵。坐也茵茵。　　映日荷花别样红。云说轻盈。水说轻灵。瘦条肥叶舔愁情。甜也莲心。苦也莲心。

2006 年 2 月 16 日　南园

浣溪沙·题金狐图

　　总觉曾经遇小姑。蛮腰款款要人扶。又还笑我砍柴夫。　　心上怜她花态度，眼睛落处影模糊。世间真个有妖狐？

2006 年 2 月 18 日　南园

临江仙·水色云花

借得瑶池相会，万千水色云花。一池魔影是他她。王娘生妒意，恨不变凡娃。　　多少民间故事，幻成天上人家。几回梦里起烟霞。春风新柳燕，秋月老藤瓜。

2006 年 4 月 22 日　南园

鹧鸪天·春种

春种南园豆子稀。撩开树影暖轻泥。撕它风片殷勤扇，纺个雨丝润细微。　　花怯怯，果垂垂。花花果果挂新眉。近来识得西窗月，也觉纤纤也觉肥。

2006 年 4 月 29 日　南园

定风波·千载乡悲

汨罗江畔营田镇落卷坡，传说为屈原作《离骚》之地，因风吹竹简散落坡中而得名。一九九五年至一九九七年，我于湖南岳阳屈原行政区挂职，居落卷坡。烟火民间，几多感慨，须有一记。

又听渔婆斗嘴声。村官催费到西邻。千载乡悲羞感慨。无奈。总随屈子作愁吟。　　蓝亩碧田生白发。还怕。呼儿买药病娘亲。土屋柴炊锅煮泪。真味。民间烟火最熏心。

2006 年 5 月 23 日　郴州

鹧鸪天·清凉曲

我有消炎解暑方。平常日子自然凉。拎它瓜架茑萝梦，也拾林阴雀子腔。　　蜂背紫，蝶皮黄。斜将醉眼戏鱼翔。心轻吟个《江南曲》，直取莲田碧玉香。

2006 年 8 月 3 日　南园

蝶恋花·昆仑兵歌

铁色昆仑谁啸傲？血铸黄昏，石垒行军灶。煮个天狼餐饿饱。崖峰队伍鹰呼早。　　冻土沉沙埋战袄。除却霜风，还是霜风恼。莫笑兵哥容易老。莺花阵里征鸿少。

2006 年 8 月 18 日 南园

蝶恋花·月月歌

年有十二个月，故作《月月歌》，词嵌十二个"月"字，赠天下有情人。

二月桃花三月枣。六月心情，却被炎阳造。月到晕时生懊恼。盼他做个霜容貌。　　八月秋风九月好。十月寒衣，冷暖心知晓。月缺月圆由月老。人间月月相思料。

2006 年 8 月 19 日 南园

生查子·空山鸟语

二〇〇六年八月二十二日,听二胡演奏家宋飞演奏二胡曲《空山鸟语》。

空山鸟语时,人若山中鸟。才嚼白云香,又啄黄花小。　　鸟语别山时,人与山俱老。细听此山音,夜夜相思调。

2006 年 8 月 22 日　南园

沁园春·刀剑书郎

书家崔向君,出集办展,作词为序。

青草湖肥,燕山影瘦,刀剑书郎。有春秋雄鬼,凿穿石砚;汉唐俊魄,磨老忧伤。飞燕精神,杨妃颜色,黑白江山万里霜。凝眸处,是扬州冷月,易水寒光。　　最怜锦绣心肠。吐金线,条条送谢娘。又笔落章台,林头雀叫;书成铁字,牧野鹰扬。甲骨敲音,鹅池养鹤,也与闲云细酌量。沉吟久,总天风浩荡,古意苍茫。

2006 年 8 月 28 日　南园

生查子·花月春江

　　四月杏花天，花月春江嫩。月影枕花眠，花影随波动。　　明月脸边生，月落惊花影。窗外一枝横，犹绿昨宵梦。

2006 年 9 月 1 日　南园

永遇乐·老屋纪事

　　老屋当地称"蔡家大屋"，坐落在湘北湘阴县一个叫"十二门"的小山村。为清同治年间先祖蔡公石岩先生建造，回环往复，住十几户人家，融和而温馨。我出生于老屋，童年和少年也是在老屋度过的。大约是十岁那一年，一天傍晚，我洗完脚后，将洗脚水倒往天井里。这种天井只有老屋才有的。盆子里的水倒去多半。这时，异香入鼻，从天井南面的一间无人居住的房子里，走出一位老者，倚门而立，悄无声息地望着我。老者个不高，挺拔结实，鹤发童颜，慈眉善目，且白衣白裤，干净利落，完全不是当时人物。当时正是"大跃进"过后，百姓不得温饱，人皆面如菜色，衣衫褴褛。我与老者近在咫尺，对视良久后，老者转身慢慢而去，消失在黑暗里。我也心生了恐惧，来不及倒完盆子里的水，速回灶屋，将此事告之正在洗涮碗筷的母亲，后又告诉一起玩耍的少年小伙伴们。这以后的几十年人生岁月里，再也不曾遇着稀奇古怪之事。然而老者的形象，一直鲜明地烙在脑子里，清晰而亲切。我不知道所遇何人，何来何往，又归何处。但我一直深信，老者抑或是我仙逝的先祖，抑或是从未知世界特地赶来与我相识的高人。他老人家一直关注我，关心我，安排我一生的事业，护佑我一生的平安。遇有险境，帮我化险为夷；人生紧要处给我指点与提携。由是，我看到诸神的影子，仿佛他们就生活在身边。我从李月润、李宣化、李桦、周笃文、李元洛、陈进玉诸公的身影里莫不看到与老者颇为相似的形象。他们是我的首长与老师，是给我以重要帮助的人。我不知道这是一种巧合，还是一种必然的安排。但我相信我遇到的这些人与事皆和老者有着某种联系，虽然它是看不见的。老屋于二十世纪后半叶陆续拆除，现在只能找到一些老屋残件，如雕花窗、门，雕花床面，以及石墩与片砖片瓦。老屋消失了，但老屋的故事需要留下来。

公是何人？何来何往？又归何处？莫是高仙？又疑先祖，识我黄昏后。从前庭院，寻常巷陌，天上风流驻足。戏鱼图，阴阳阵里，人神好个相诉。　　天涯孤旅。江湖浪迹，且与诸神行走。风雪年年，年年风雪，芳草重重绿。近来心事，词肠瘦了，愿个莲花吞吐。三三拜，黄昏老屋，那尊善首。

2006 年 9 月 2 日　南园

临江仙·牙痛

　　五十生齿病,夜不能寐,悲从中来。因忆三年困难时期,春天,母亲领我去洞庭湖边挖鸡米(一种野菜,开黄色小花,其根植于湖泥里,剥皮后可生吃、熟吃,味甜而微涩)充饥。嫩齿咬新根,香犹在舌。

　　牵手母亲湖上去,黄花黑土蓝田。草根粗细齿堪怜。嘴边鸡米汁,犹觉一春甜。　　咽雨餐风人五十,而今齿动须坚。如何好梦慰娘眠?霜天欺落叶,难嚼五更寒。

2006 年 12 月 8 日　南园

临江仙·童猎

　　少时,有鹰、狐、狼、野猪等野兽来十二门偷吃家鸡,常群起击之。

　　常忆少年围猎事,一时短叫粗呼。邻婆声厉打黄狐。才还鸡喂食,转背黑花无。　　夜半童心眠老梦,野云几处稀疏。醒来又见影模糊。对门山上月,月下绿毛猪。

2007 年 1 月 7 日　南园

夜飞鹊·题莽苍苍斋（二首）

北京宣武门外北半截胡同四十一号原浏阳会馆，为谭嗣同故居。莽苍苍斋系其书房。戊戌变法失败，一八九八年九月二十四日，谭嗣同于此被捕，狱中题下诗句："我自横刀向天笑，去留肝胆两昆仑。"二十八日被杀于菜市口。刑前大呼："有心杀贼，无力回天。死得其所，快哉快哉！"如今故居年久失修，断墙残壁，挤住二十多户人家，湫隘寒伧。瞻仰者寥寥。二〇〇六年十二月二十七日与周笃文、李元洛先生及沈念、蔡奔诸君一游，几多感慨。

其　一

先生出门去。话别乡邻。从容笑对风云。血花开后霜花好，河山不作悲音。男儿断头也，撼千年帝制，快慰心情。刀光闪处，莽苍苍，铁色昆仑。　　寒夜血光红紫，冬老黑山头，冻土春生。黄鹤归来惊见：武昌城下，换了墙根。白云千载，总思他，天地良心。是乾坤肝胆，浏阳河水，日夜涛声。

其 二

先生在家否？墙老檐低。尘多草杂人稀。百年心事和谁叙，林头冻雀唧唧。泥窗吐烟火，幸民间土灶，暖了霜衣。红楼影里，莽苍苍，空带愁归。　　还盼夜来风细，行走也悄悄，莫碍眉须。凉月寒枝自语：燕山起壁，湘水浆泥。书斋整理，与英灵，有个身栖。是人间雄鬼，昆仑比立，几个男儿？

2007 年 1 月 15 日 南园

浣溪沙·空耕菰米

摩天楼，见孕妇一绳相系，悬空洗墙。

擦雾磨霜影浸墙。秋千动荡孕娘忙。老冬城市冷风光。　　地上有瓜无处摘，云端无土有泥香。空耕菰米喂胎郎。

2007 年 1 月 20 日 南园

蝶恋花·街景

　　谁报春光正月好？十字街边，一树桐花闹。街上行人流水到。举头侧目频频扫。　　只见她来花样俏。拂去嚣声，指点桐花笑。笑落花枝花落道。眉心缠个弯弯恼。

2007 年 2 月 23 日　南园

临江仙·南塘梦影

《光明日报》主任记者宋晓梦因《蔡世平与蔡词》(《光明日报》2007 年 7 月 11 日) 的写作，来故乡十二门采访。南塘，为蔡家大屋前一口洗衣洗菜的山塘。

　　曾觅昆仑奇石好，相思人困潇湘。芒鞋磨老皱眉霜。庄生酣晓梦，蝶影渡南塘。　　草叶做成花世界，掌中也握苍茫。山心养在水中央。野田冬日暖，犹觉玉生香。

2007 年 2 月 23 日　南园

临江仙·割竹

南园有竹一丛，绿影摩天，风光独占。背阴处，小花小草黯淡无神，常怜之。今春挥刀断竹，裁长补短，让绿茵族同享阳光，不亦快哉！

好是一庭风致，巡空竹影徘徊。衔泥小草盼关怀。删除头顶绿，吩咐太阳来。　　细察芝茅眉目，端的笑逐颜开。世间物态咋安排？几多贫女泪，无奈背阴哀。

2007 年 3 月 11 日　南园

水调歌头·春思

近来春懊恼，不与落花言。昨夜南风吹梦，吹老洞庭烟。说点城南旧事，做点乡村生意，淡点菜中盐。柳上黄昏小，莫怪雀声衔。　　潇湘水，明月夜，碧云天。是他做个境界，牧野看鹰旋。回到黄泥地里，扯把湿皮青草，软舌舔春涎。一亩三分地，好种四时鲜。

2007 年 4 月 19 日　南园

贺新郎·读《花间集》

展卷轻轻地。怕惊它,花影慌忙,黄昏憔悴。山杏枝头春热闹,红了乡村生意。终归是,小民玩艺。玉树后庭花悄悄,待陈郎,一曲翩翩起。天知道,花滋味。　　男儿笑向花丛立。又经年,花开花谢,谁歌谁泣?多少人间花故事,尽入红楼梦里。花不语,花的消息。黛玉钗娘都去了,宝哥哥,空掬荒原泪。轻合上,《花间集》。

2007 年 5 月 5 日　南园

蝶恋花·说梦天涯

雨打花枝花坠地。枝上残红,月影千般惜。墙角鸣虫声又起。声声咬破春消息。　　燕子归来寻旧垒。说梦天涯,说梦潇湘意。也说相思何处寄?风翻新叶层层碧。

2007 年 5 月 10 日　南园

临江仙·绣口成花

——致青年歌唱家刘辉[①]

拈个虫鸣润舌,抓它鸟语镶牙。连云山下采歌丫。山音羞水调,云雀说溪蛙。　　走过琴台四季,黏心还是泥巴。春云春水软春霞。江南春梦里,绣口吐成花。

【注】
① 刘辉为湖南理工学院音乐学院教授。

2007 年 6 月 13 日　南园

水调歌头·山鬼

是谁骑赤豹,身后带花狸?薜荔罗裙巧巧,且插桂枝旗。折把芳馨在手,展我窈窕身段,含睇向他兮。嫣然溜一笑,山鬼自痴迷。　　呼来熊、招来兔,吃山梨。养个山村世界,活泼又生机。再遣电光雷雨,还有轻风淡月,同我听猿啼。独立山之上,好看乱云低。

2007 年 6 月 15 日　南园

浪淘沙·美人居
——题南湖藏书楼①

古民谣:"书中自有颜如玉。"

　　何处美人居。隐玉藏珠?北湖人说在南湖。个个杨妃西子样,莫问何如。　　几架绿葫芦。浮上纱橱。唐姑宋妹巧音呼。近了方知颜色好,羞煞狂奴。

2007年6月17日　南园

【注】
① 南湖藏书楼为湖南理工学院教授、学者、文学评论家余三定先生之藏书楼,坐落在湖南岳阳市南湖畔。

贺新郎·米泉

　　新疆米泉县，以水稻著称。一八七五年，乡邻左宗棠率湘军进疆平息阿古柏叛乱。后留湘军驻疆，发展了米泉乃至全疆的水稻。至今，米泉还有湖南庄子等地名，以及湘军手植的榆柳。百年后的一九七五年我戍边新疆，经常去米泉部队农场插秧、割稻。我爷爷的爷爷蔡公石岩先生曾是湘军一员。

　　来也湘军后。最亲他，湖南庄子，米泉泥土。昔日蔡公征战地，惟有稻香盈袖。又闻得，禾鸡声曲。疑是家音飞过耳，塞风吹，吹皱文襄柳。真想醉，乡亲酒。　　潇湘梦断天涯路。百年来，几多血泪，几多风雨。明月天山年年老，还有几多孤独。凭慰藉，花红草绿。摘取新禾怜旧意，细端详，感慨心头久。情不尽，田头走。

2007 年 7 月 11 日　南园

清平乐·凤凰山写意

写湖南益阳桃花江畔凤凰山。作家薛媛媛于此创作长篇小说《湘绣旗袍》。

相思成阵。不让风吹动。无奈繁枝春压痛。落下许多秋影。　　是谁拔得山毛?是谁湘绣旗袍?谁对桃花江上,呼它白鹭归巢?

2007年9月5日　南园

清平乐·烟波江上

烟波江上。有个心追浪。追到天河天汛涨。天色天风浩荡。　　也无岸草青青。也无水鸟嘤嘤。独对寒空梦影,向谁叙说凄清?

2007年9月9日　南园

浣溪沙·明月清泉
——致吴安春①

不让新霜冻紫烟。吴山楚水绕桑园。烦丝删去是春天。　　指点清泉归石上,安排明月到松间。菩提树下放心眠。

【注】
① 吴安春女史为中央教育科学研究院研究员、博导,江苏徐州人。

2007年9月10日 南园

鹧鸪天·谁洗长河

谁洗长河落日红?松花岭上减葱茏。芭蕉叶老黄昏影,夜鸟毛轻太古风。　　云片片,月朦朦。小窗横幅挂苍穹。秋虫不惜秋阴短,又啃秋根寸寸深。

2007年11月22日 南园

鹧鸪天·夜宿影珠书屋

　　影珠书屋为词学家周笃文先生京都书房。湘北名山影珠山，山巅有井，其影如珠，故名。周先生故里即在影珠山下的南仑。二〇〇七年十一月十三日，夜宿影珠书屋。

　　收拾尘埃俗子皮。禅音细细指轻微。才牵毛叶黄藤老，又引山泉古月回。　　闲意绪，影珠随。任他生动到须眉。乡思梦里深宵绿，知是南仑夜色肥。

2007 年 11 月 25 日　南园

清平乐·江南采莲女

　　枝肥叶软。个个圆圆面。又觉香残颜色浅。浓淡莲娘眼。　　春天播下湖霞。秋收水上生涯。留取一枚不摘，观它夏影抽芽。

2007 年 12 月 30 日　南园

水调歌头·土器

军中留战器，非箭亦非戈。钢锹短镐随我，剥石造兵窝。退役潇湘故里，犹喜田园风色，翻地种青萝。纵是男儿骨，常要铁来磨。　　西北红，江南绿，梦婆娑。几人识得此物，冻土起春波。指抒牵藤日月，目点黏枝瓜果，心挂醉坨坨。击壤歌头里，有个老兵和。

2007 年 12 月 31 日　南园

水调歌头·冰雪江南

二〇〇八年江南大雪。

是谁持冻笔，书写老冬寒。蛮横狠竖斜撇，短路水光烟。时见飞莺折羽，还听荒狼嚎叫：何处可安眠？江上渔人泪，僵了打鱼船。　　杏花红、桃花雨，是江南。任它冰冻三尺，心暖地开颜。天有生冰手段，我有融冰热骨，十万赶寒鞭。莫道无情日，造个有晴天。

2008 年 1 月 26 日　南园

蝶恋花·炉筒钩心

——题杨新《炉筒钩·自在》图

  文物鉴赏家、书画家、故宫博物院原常务副院长杨新先生绘《炉筒钩·自在》图,以慰乡思。炉筒钩为旧时江南乡间火塘煮食装置,乃一简易活动挂钩。竹筒通节,内衔木杆缀钩,挂壶釜之属。中贯木鱼为卡,绳系鱼尾其上,木杆随绳牵引,伸缩自如。烧水煮饭,下垂火面;水沸饭香,上提保温。今日本国仍有使用,名曰"自在"。杨先生少年乡间牧牛、贩竹,十六岁离家求学京城。故乡旧物犹亲。湘北方言称"红薯"为"茴坨"。湖南人凡入口吃的东西均叫"呷",读仄声。炉筒钩心,赋词以赠。

  庭院深深深几许?明月穿堂,未断沧桑句。且制炉筒钩景语:小姑声巧茴煨熟。 牛背青童回土屋。好呷茴坨,不洗泥巴手。城角乡思抽细缕。缝春补夏宫墙柳。

2008 年 2 月 24 日 南园

生查子·山河玉骨

—— 读沈鹏书法

初读沈公书,春动西湖柳。又读沈公书,秋猎昆仑虎。 也读大风歌,也读民间赋。再读沈公书,寸寸山河骨。

2008 年 2 月 27 日 南园

临江仙·泪落黄昏

城市向周边拓展,有失地老农泪落黄昏。

扯片村阳肩上搭,还抠热土温心。难收老泪"子孙耕"。春从何处绿?没了土心情。 嫩叶青枝都削去,偏偏又到黄昏。秧鸡毛兔可安身?月光如有意,莫冷故园松。

2008 年 3 月 22 日 南园

满庭芳·山娘遗梦

——汶川大地震之一

　　山里人家,小姑初嫁,梦随蝶影蹁跹。清潭叠翠,贴脸映花鲜。细点憨郎禾麦,红黄叶,彩色眉边。风吹起,轻衫厚肚,嫩崽动心田。　　莺声撕扯断,抛天抖地,焦胆枯颜。只回头一眼,没了家园。天地良知何在?谁给你,如此心肝!从今后,山娘遗梦,夜夜不能眠。

2008 年 5 月 17 日　南园

沁园春·血注汶川

——汶川大地震之二

　　血雨飞殇,血花灼目,血滴成溪。看东街渔父,久伸健臂;西窗发妹,争展骄肌。黑土输青,黄河放彩,不让汶川血线低。同胞痛,是先收泪眼,血注灾期。　　瞬间水改山移。压断壁残垣气息微。急国手呼生,将军破壁;奶娘累倒,还乳孤儿。一息尚存,五洲同力,又慰亡灵下半旗。人间血,纵天开地裂,红透岩皮。

2008 年 5 月 19 日　南园

蝶恋花·莲

你画莲光波上动。怕碰莲花,是怕莲花痛。这个夏天天不懂,人间几许莲丝症。　　我家月色莲塘种。月睡花眠,若若般般影。瘦眼描容春也冷,且留新梦莲搬弄。

2008 年 7 月 20 日 南园

浣溪沙·天书

—— 读韩美林《天书》

韩美林先生数十年呕心沥血,从甲骨、石刻、岩画、古陶、青铜、砖铭、石鼓等各种古代器物上搜集、记录、整理数千个符号、记号、图形和金文、象形文字,汇集而成中国书法史和艺术史前所未有之作品《天书》。

谁画人间万道符?牵龙牧虎唤山狐。是神是鬼是天书。　　横可弯圆旋日月,点能浸露湿江湖。俯身三拜慧风呼。

2008 年 7 月 23 日 南园

浣溪沙·鸭绿江

发源于长白山天池的鸭绿江,为中朝两国界河。二〇〇八年八月赴长白山采风。顺江而下,见两岸地质气候相同,但北肥南瘦,风景异甚。江水牵心,因有一记。

一水犁开风物奇。山家禾稼自东西。一边瘦影一边肥。　　江北楼台飞彩饰,江南哨口压城低。水流心事向谁提?

2008 年 8 月 14 日　吉林白山市长白县

浣溪沙·长白山浪漫

挽得云绸捆细腰。男儿也作美人娇。且随松鼠过溪桥。　　须发渐成芝子绿,衫衣已化凤凰毛。山猴争说遇山妖。

2008 年 8 月 15 日　长白山望天鹅火山景区

蝶恋花·梅语轻轻

　　二〇〇八年，同山西诗人张梅琴五月参加桂林"翰苑碑林"揭幕仪式；八月参加吉林长白山采风活动，梅叙闲愁，小词短慰。五月十二日晚观看漓江大型室外音乐舞蹈剧《印象刘三姐》。

　　戊子年间何所记？五月漓江，八月白山里。印象刘家三姐妹。歌声隐约天池水。　　山水心思才女笔。一笔闲情，一笔闲愁矣。风絮满城君莫理。由它梅雨轻轻地。

2008 年 9 月 8 日　南园

定风波·城市童谣

写乡下爷爷奶奶来城里带孙子孙女。

　　乡下爷爷宠小娇。呼来弯月作舟摇。灯火湖南杨柳岸。来看。老家村戏闹声高。　　快桨撕开银世界。无奈。夜生楼影水生毛。总是烟波人不到。真恼。前头断了外婆桥。

2008 年 9 月 10 日　南园

清平乐·月色堆沙

今宵我趁。月影千山动。抱个中秋乡里送。落入村娘画境。　　听她楚语些些。看它月色堆沙。风枕汨罗江上，轻眠临水人家。

2008 年 9 月 15 日　南园

忆少年·又写南园

溪边黄菊。山边绿韭。池边青柳。一亩三分地，命秋颜如酒。　　懊恼时从花下遛。便伤心，落红堆锈。霜风又吹到，那枝枝清瘦。

2008 年 9 月 18 日　南园

卖花声·乡梦

昨夜枣风酣。乡梦初圆。溪边青草眼边蓝。又见一双红雀子，隐入眉弯。　　月色种沙田。碧玉生烟。杨花不让柳花闲。纵是夜深春歇着，春也难眠。

2008 年 9 月 21 日　南园

临江仙·秋行

记得小时常戚戚,年年有个春荒。而今我要笔头粮。存它秋颗粒,好喂少才郎。　　总觉路遥人乏力,苍山远水茫茫。夕阳红处是家乡。柴炊松果味,夜合土风凉。

2008 年 9 月 25 日　南园

江城子·小河清影

山家小子牧山幽。老村头。小河流。青石河湾,好作赤条游。卧痛杨阴浑不觉,河岸上,懒皮牛。　　淋漓梦影晾沙洲。柳风柔。葛花羞。隐约河虫,咀嚼小河秋。又见夕阳山里去,谁来照,捉鱼鸥?

2008 年 10 月 1 日　南园

浣溪沙·天山行宿

写二十八年前的一次军中行动。天山水溪沟在新疆吉木莎尔县。

曾作岑参马上兵。水溪沟唤老冬行。军旗偏爱打头风。　　野雪山花鹰踏出，孤村豹影夜生成。穿林皓月起涛声。

2008 年 10 月 3 日　南园

沁园春·放鹤人归

二〇〇五年九月十九日陪周笃文先生到其故里，湘北影珠山下的南仑和其祖居地玉池山白鹤洞。

谁把秋光，搓成细粉，抹到眉须？渐山湾隐约，花开红紫；清溪活泼，蝶演轻微。土屋粗疏，莺声巧妙，疑是南仑梦又飞。情依旧，那影珠山下，放鹤人归。　　常思。鹤影清姿。更把个，冰心映玉池。想桃花洞口，低飞白鹤；祖祠石柱，深掩青枝。田舍檐新，鹤乡泉老，访问家山几不知。沉吟久，是白云今日，明月当时。

2008 年 10 月 3 日　南园

贺新郎·洞庭渔娘

渔娘为余岳母。一九四一年，鬼子入湘，湘阴沦陷。渔娘被掳去运送粮食枪炮弹药，自临资口至湘阴县城。星夜，渔娘计沉日本兵，驾船逃脱。渔娘生育十六胎，出没烟波里，艰辛难记。然湖风湖雨摔打出一副好身体，八十多岁时，脸颊仍绣着两朵桃红。二〇〇二年二月，洞庭湖最后一个渔娘无疾而终，年九十。

娇艳时姑舞。怕看她，瘦腰粉面，嗲声嗲语。犹忆洞庭渔妇俏，揉碎一湖烟雨。年八十，桃花容与。十六胎成湖面貌，向风中，个个扬帆去。湖享了，儿孙福。　　迷他鬼子舟舱住。夜深沉，星光正好，送君南浦。昔日鱼虾填我肚，今赠倭肴鱼腹。湖造就，湖儿湖女。有个湖伤湖痛处，便飞来，渔父渔娘补。旧年事，时回顾。

2008 年 11 月 1 日 南园

金缕曲·岳州窑歌记

　　古岳州窑在湖南湘阴县湘江东岸，为唐代六大名窑之一。今天与之近在咫尺的三峰窑是岳州窑之延续。自唐至今，窑烟袅袅，窑火未熄，一直烧制乡民日用陶器。我少年时常挑木柴卖给窑民，也曾学唱千年不老的窑歌："一月穷欢喜，二月有得米。三月餐搞餐，四月难过关。五月没奈何，六月望扮禾。七月兑点谷，八月称财富。九月开晚工，十月债还清。十一月捞捞空，十二月脱不得身。"窑歌细嚼，犹寓言矣。

　　　　序里窑歌记。岳州窑，千年窑史，可堪追忆。唐宋明清都过了，仿佛昨天而已。还烫着，窑工身体。陶罐陶盆容易碎，碎陶陶，岁月磨成米。又揉进，窑肠里。　　窑歌唱活窑魂矣。且看他，几多辛苦，几多生气。还有几多愁故事，讲给他她我你。真嚼出，窑歌滋味？窑妹窑哥招手到，到跟前，笑指湖山碧。旋又听，窑歌起。

2008 年 11 月 4 日 南园

贺新郎·湛奶奶

一九八六年冬，我着人民解放军新式中校毛料军服探亲回湘。妻娘家邻居湛奶奶遇我惊恐万状，弯腰急念："太君，你好！太君，你好！"慌忙逃走。后见无事，又从柴门缝里伸出浑黄老目，狐疑，清冷。湛奶奶一九四一年被入湘日军凌辱。

总觉柴门动。又伸来，浑黄老目，狐疑惊恐。五十年前流血梦，流到如今未醒。真个是，青岩也痛。都说时光流水样，却为何，不洗魔头影？天得了，疏民症。　　"太君"如刺须毛冷。便眼前，天光惨惨，巫风阵阵。只见当年湘妹子，无力无纱无忿。任群狼，百般蹂躏。今日橄榄枝子里，绿阴浓，莫醉莺声嫩。娇娘泪，千秋恨。

2009 年 1 月 8 日 南园

朝中措·秋摘

山瓜摘了摘山椒。秋色上眉梢。留得葫芦不摘，由它枝上妖娆。　　农桑心事，田园物态，城市风骚。真个泥能养肺，肝肠又绿新苗。

2009 年 1 月 30 日 南园

贺新郎·酒徒

醉眼蒙胧态。向风前,花间集里,枝摇叶摆。明月当庭丝管熟,知是小蘋清籁。总凝她,痴莲眉黛。我有银钱千百串,又呼徒,快把茅台买。买来个,春澎湃。　　酒徒自有风光在。最开心,嫦娥敢要,江山可改。魏武鞭梢未到处,正好涂红抹彩。轻点着,男儿气概。放手摊开春世界,细端详,片片烟波债。人累了,天无奈。

2009 年 3 月 15 日　南园

卜算子·古巷

古巷画相思,画个黄猫小。身后身前细细喃,姿态般般巧。　　还画杏花窗,窗上双栖鸟。无奈墙阴寸寸移,赶得春烦恼。

2009 年 4 月 12 日　南园

浣溪沙·黄昏丝雨

草尾花头写姓名。屏山初醒早莺鸣。南方消息紫香闻。　　恨不心随千古月,东风吹送五羊城。无边丝雨湿黄昏。

2009 年 4 月 24 日　南园

生查子·春失

昨夜雨和风，零落樱花泪。拾起一枚红，谁解其中味？　　闻到紫鹃啼，惆怅夭枝媚。眨眼不成春，春入凌霄①队。

【注】
①凌霄：藤蔓植物，夏天开花。

2009 年 5 月 6 日　南园

临江仙·燕山半日

老象峰头闲坐，天高几处云低。乱山无语对斜晖。虫鸣声巧妙，树动影凄迷。　　不把烦丝百种，砌成愁绪千堆。故乡何必洞庭西。芦花霜月雪，蓼叶草塘泥。

2009 年 5 月 17 日　北京平谷

贺新郎·左宗棠

左宗棠收复新疆后留下部分湘军居米泉开荒种稻。后水稻遍布天山南北。左宗棠字"季高"。

我慕英雄久。把狼烟，收来掌上，搓成诗缕。吟到河山伤痛甚，一啸风呼雷吼。心头血，灼红焦土。指点胸中兵百万，且看他，补地缝天手。裁剪那，乾坤曲。　　春风又绿天山柳。百年来，湖湘子弟，荒沙暖熟。日暮乡愁何处寄？羌笛胡笳声诉。漫赢得，鱼栖燕宿。今到米泉村里走，老乡亲，请喝伊犁酒。还讲述："季高叔。"

2009 年 6 月 6 日 南园

临江仙·天鹰残翅

一九八六年十月，我作为兰州军区前线慰问团成员，随团长兰州军区司令员赵先顺、副团长兰州军区政治部副主任李月润赴云南前线。十一月十二日上午十时许到达老山主峰，这时越军空爆弹密集袭来。一飞鹰被削去翅膀，坠落身边。

记得那天秋意好，老山山韵依依。破空空爆贴身随。闲云无秩序，顿作乱团飞。　怜见天鹰残翅后，一头栽落茅泥。扶它气息已低微。谁将温鸟血，涂上少年眉？

2009 年 6 月 21 日　南园

浣溪沙·丝茅泣泪

二十三年前，深秋日。云南前线老山主峰遭遇越军空爆弹。

空爆秋山起闷雷。泥星红作雨花飞。断枝残羽一天危。　鸟翅难驮人类恨，松肩怎挡战云堆。丝茅泣泪是因谁？

2009 年 6 月 25 日　南园

菩萨蛮·买桃

诗人拾柴，鲁迅文学院学习。短信说买得平谷桃三种，一种是蟠桃，王母娘娘吃的。

都言平谷桃皮薄。今天买得桃三个。一种是蟠桃，买时还细挑。　　羡她王母贵。梦做蟠桃会。晨起懒梳妆。隔墙红杏香。

2009 年 6 月 25 日　南园

鹧鸪天·荒村野屋

闻家山湘阴十二门老松坡欲建垃圾填埋场。

闻说松坡养毒囊。黄泥十里会生疮。林枯雀叹人心冷，溪老鱼悲地肺凉。　　山失血，梦堆霜。荒村野屋唤爹娘：谁能收拾凄清去，还叫桑花蜂蝶忙？

2009 年 10 月 28 日　南园

浣溪沙·土地生悲

土地生悲欲哭无。疮疤处处补肌肤。河山流血向谁书？　　石骨参差钢骨换，黄泥松软水泥敷。村头青影又删除。

2009 年 10 月 30 日　南园

菩萨蛮·黄昏有约

蝶衣不展干荷片。墙阴又浅芭蕉卷。落叶满庭飞。是谁轻唤回？　　远山红一角。只向黄昏约。归鸟入深林。隔窗三两声。

2009 年 10 月 30 日　南园

鹧鸪天·观荷

我有池塘养碧萝。要留清梦压星河。时将绿影花浓缩，便入柔肠细折磨。　　闲意绪，小心歌。近来水面起风波。夜深常见西窗月，又碰蛙声又碰荷。

2009 年 11 月 1 日　南园

生查子·洞庭秋草

写三江口风光。三江口为长江与洞庭湖交汇处。

洞庭秋草肥,洗面芦风放。云动白花洲,片片苍波涨。　　三峡老船歌,又到湖南唱。迟起一双鸥,旋入鸳鸯帐。

2009 年 12 月 10 日 南园

临江仙·青草湖渔歌

莫道船家女子,不能判断山河。蓝田正好种烟萝。草肥眠鸟梦,水阔晒渔歌。　　夜到龙都帝苑,愁多总是宫娥。湘妃无事可消磨。闲撕湖上月,揉醉一天波。

2009 年 12 月 27 日 南园

忆旧游·暗影横斜

是霜花开到,野兔唇须,山雀眉毛。剪水裁云去,向天涯行动,尘满征袍。孤村半户松火,正好煮寒宵。渐暗影横斜,黄昏冷落,雪又飘飘。　　迢迢。独行客,把柴门深掩,温个乡谣。土屋泥炉暖,映窗前红果,枝上燃烧。还见那弯新月,摇到外婆桥。但梦醒西园,薇荒菊老,风又萧萧。

2010 年 2 月 14 日　南园

浣溪沙·老梦芬芳

不弄檐头雀子腔。柴门小户浅风光。从来鸡犬喜声张。　　水到深时生海国,天因冷处起冰霜。眠成老梦自芬芳。

2010 年 2 月 16 日　南园

散天花·看枣

还挂枝头枣子黄。谁人来摘取？晚秋凉。西风偏又落西窗。门前流水账，是残阳。　　闲赋新词句短长。情多愁易得，恼肝肠。别留无意总彷徨。深宵清梦里，细商量。

2010 年 2 月 16 日 南园

浣溪沙·旅夜

枕上烟波淡淡收。汨罗江老细沙洲。滩声初到竹阴楼。　　香软蔷薇人散漫，松摇月影夜风流。隔窗犹见捉鱼鸥。

2010 年 4 月 28 日 莲城

浣溪沙·石臼

——题汇元堂石臼

湖南科技大学教授、书法家周平先生之汇元堂有蓄水古石臼两尊

曾是农家碾米缸。如今日日伴周郎。千年石臼又风光。　静养古池消暑热,好磨翰墨润肝肠。有花开处有春阳。

2010 年 5 月 2 日　南园

浣溪沙·桑村画境

谁引征鸿踏雪泥?绿桑村里白沙堤。鸡声茅店武陵溪。　无力杨花春软弱,多情燕子影凄迷。画中人在画桥西。

2010 年 5 月 4 日　南园

清平乐·登楼赋

二〇一〇年六月八日登黄鹤楼。

长河一卷。展读江城恋。难得楼高心事浅。闲步旧家庭院。　　汉阳汉口浮岚。烟波梦里乡关。日暮涛深人远,白云黄鹤青山。

2010 年 6 月 8 日　武汉东湖翠柳村客舍

踏莎行·洪湖 2010

给洪湖立此存照。看十年二十年百年二百年之后的洪湖。将是何模样?"旧歌声"指《洪湖水浪打浪》。为充分利用湖水资源,餐馆漂浮在湖中船上,食客乘汽艇出入。电网伸进湖里,不一会鱼虾就会游进柔肠,词人之心隐隐有痛感焉。

野水还蓝,野风还软。野花还向沙洲远。柳林还有野烟轻,野田黄雀滴溜啭。　　渔父谈兵,渔船放电。渔家潇洒鱼虾险。洪湖断了旧歌声,谁来收拾乡愁面?

2010 年 6 月 16 日　端午　于洪湖东港子

梦江南·初 夏

南风起,风动早莺须。一树清歌圆粒粒,十分活泼为谁啼?鸳影白萍溪。　　新雨后,雨过彩云低。细采锦罗红片片,深宵好织梦娘衣。人在画桥西。

2010 年 6 月 30 日 南园

一剪梅·洞庭大水

一九九六年夏,洞庭湖百年不遇大水。我在当年岳飞屯兵剿灭杨幺处——湖南岳阳营田镇组织抗洪。杨幺,是宋代活跃于洞庭湖区的一支农民起义武装的头领。营田镇落卷坡传说为屈原作《离骚》之地。

六月大湖起怒涛。淹了莺巢。没了芦梢。老鱼游上百年桥。蛇影高高。鼠影毛毛。　　惨烈堤防似炭条。水也燃烧。人也燃烧。汹波逼退话《离骚》。闲说杨幺。细说湖妖。

2010 年 7 月 1 日 南园

浣溪沙·清水塘

读毛泽东《贺新郎·别友》词①。

别后书辞冻笔凉。长沙风景莽苍苍。半天残月半天霜。　　但有冬眉传旧恨，应无春眼贺新郎。水清自在小池塘。

【注】
① 毛泽东《贺新郎·别友》词：挥手从兹去。更哪堪凄然相向，苦情重诉。眼角眉梢都似恨，热泪欲零还住。知误会前番书语。过眼滔滔云共雾，算人间知己吾和汝。人有病，天知否？　今朝霜重东门路。照横塘半天残月，凄清如许。汽笛一声肠已断，从此天涯孤旅。凭割断愁丝恨缕。要似昆仑崩绝壁，又恰像台风扫寰宇。重比翼，和云翥。

2010 年 7 月 3 日　南园

浣溪沙·洞庭田舍翁

才了蚕桑又晒仓。袁公播种我收粮①。有闲有乐土头王。　　醉眼春风泥世界，爽心秋嫂布衣裳。细耕细作小时光。

【注】
① 袁公，即杂交水稻之父袁隆平。

2010 年 7 月 4 日　南园

贺新郎·崩霆曲

　　李元洛先生数访浏阳谭嗣同故居，铸文《崩霆琴》。一八八一年谭嗣同十六岁，暴雷劈倒谭家梧桐大树。谭嗣同利用残干制成两具"七弦琴"，一名"雷残"，一名"崩霆"。《双枫浦》为杜甫流落湖湘在浏阳写的一首诗。

　　谁谱崩霆曲？应知他，雷公放电，谭公挥斧。还有李公冰炭笔，访进梅花巷口。大夫第，徘徊久久。又忆湖湘诗圣泪，注民间，洒落《双枫浦》。同铸了，梧桐树。　　广陵不散琴心句。越千年，浏阳河水，清音如缕。莫道时光如病铁，锈了唐梁汉柱。锈不到，书生头颅。檐角风铃摇夕照，把琴声，送向朝阳渡。大姑听，小姑奏。

2010 年 7 月 17 日　南园

浣溪沙·油菜花农

油菜花开梦也香。晨风吹动嗓清凉。山歌水调种田郎。　　不取城关车马道,来耕泥土籽金黄。锄头扁担自风光。

2010 年 12 月 20 日　南园

定风波·玩泥汉子

莫道玩泥汉子轻。高峰人物一时新①。收拾箩筐和扁担。前看。也担风雨也担晴。　　大写家山春格调。能叫:桑花烂漫谷花红。守住门前方寸地。牛气。年年留与子孙耕。

【注】
① "高峰",又称高峰台,在湖南湘阴县石塘乡。

2011 年 2 月 8 日　南园

贺新郎·红

雪野风光卷。向山中，寻他梅韵，寻他诗眼。洞鼠不离窝半寸，雀翅欲伸难展。天色重，压低眉线。细细丝丝声切切，忽抬头，雁冻冰湖脸。旋又见，红红点。　江山转眼皆红遍。任由他，红了霜容，红了雪面。红到茅根虾背处，便觉天旋地转。直红向，雨丝风片。雪白血红何处辨？只梅花，小试情深浅。人着火，天无怨。

2011 年 2 月 9 日 南园

浣溪沙·谷 神

家乡土地庙被拆。

老父当年拜谷神。三盘松果一盘灯。俯身犹觉地生青。　泥土知它春结构，肌肠可解梦阴晴。民间烟火最熏心。

2011 年 2 月 12 日 南园

桂殿秋·晓梦微红

桃叶渡,落花溪。小舟横向夕阳西。情知晓梦才收拾,又遣微红上绿篱。

2011年2月13日 南园

蝶恋花·留守莲娘

有"留守儿童",也有"留守女人""留守老人"。一九八〇年代以来,亿万农民背井离乡,进城务工。夫妻异地分居,乃今日乡村常见现象。

秋到荷塘秋色染。秋水微红,秋叶层层浅。人在天涯何处见?秋风暗送秋波转。　　春种相思红片片。秋果盈盈,秋落家家院。独对秋荷眉不展。秋容淡淡秋娘面。

2011年2月11日 南园

沁园春·高峰台①

闻高峰台十二门老松坡停建垃圾填埋场。"飞燕山""范家湖"均为高峰台山名、水名。

百里长沙,十里湘阴,五里桑园。向飞燕山中,采编童话;范家湖上,摇动风帆。山雀司晨,禾鸡唱晚,百鸟歌吹白鹭滩。鞭花闹,又城西妹子,嫁进春湾。　　风风雨雨三年。漫赢得湖山别样鲜。看牛角弯成,开心笑字;鸡婆叫喜,句句溜圆。古寺②钟声,新居气韵,都入青红黄绿间。三三两,是烟锅野老,细说桃源。

【注】
① "高峰台",故乡村名。
② "古寺",高峰寺。始建于唐,西向洞庭湖。旧时洞庭渔民和过往船民都来高峰寺求神拜佛,保佑平安,为湖湘水域有名寺庙。有大戏台,数人才能合抱的香樟、桂花树,香火极旺。上世纪五十年代初被毁。二十一世纪初又于原址重建。

2011 年 4 月 30 日 南园

沁园春·南园晨话

晓色才开，收拾月痕，整理南园。问墙角眠虫，可曾进食；红芽初上，还畏春寒？昨夜心情，今朝思绪，只在黄泥绿草间。轻灵影，喜南方来客，燕舞翩翩。　　疗饥何用时鲜。有手种青蔬应我餐。去鸟语林中，续编童话；桃枝叶好，寄出情笺。再与词娘，十分交道，讨论民间百味篇。声声慢，是红楼梦里，贾雨村言。

2011 年 4 月 30 日　南园

生查子·雾月日记

九月起悲风，草木无颜色。一月乱云飞，鬼火时明灭。　　三月响沉雷，吐尽桃花血。五月送瘟神，快写晴时帖[①]。

【注】

① 九月、一月、三月、五月，分别为二〇〇九年九月，二〇一〇年一月、三月，二〇一一年五月。是十二门垃圾填埋场立项建设和停止建设的几个重要月份。

2011 年 6 月 6 日　端午　南园

浣溪沙·赤山二记

二〇〇二年四月二十六日乘船去赤山。赤山为洞庭湖中一岛屿,相传范蠡携西施游五湖,居于此。

记 一

草绿湖洲点点鸦。江豚出水水翻花。慢船摇进赤山霞。　　捉得范蠡停桨处,帕头村女采新茶。仿疑西子浣溪纱。

记 二

转过山洼与水洼。寻声弯向燕儿家。隔窗娇女道咿呀。　　一片心香春梦里,十年文字泪生涯。无端看取陌头花。

2011 年 6 月 7 日　南园

浣溪沙·观 兰

种得苍兰老树低。育风育雨育苔泥。看它新叶换春衣。　　才摘兰光生墨趣,又移兰影破词题。兰香入梦梦迷迷。

2011 年 6 月 7 日南园

生查子·大湖泪

二〇一一年春夏之交，湖南干旱。本是丰水季节的洞庭湖，多处湖床裸露，湖泥干裂，鱼龟绝气，陈尸荒野。

日从湖上来，夜涌湖床泪。怕见老湖龟，渴死鲇鱼嘴。　　千年湖水干，知是谁之罪？真怨老天爷，没那心肝肺？

2011 年 6 月 8 日　南园

生查子·题南瓜晾晒图

南瓜串串圆，晾晒青篙上。似是小姑衫，又觉黄河浪。　　南瓜片片香，时作甜甜想。细说画屏秋，闲道春波涨。

2011 年 6 月 9 日　南园

浣溪沙·夏

采得林阴一阕凉。蝉声勾引梦长长。村烟隐约失城墙。　　青草荷塘黄鸭叫，南风古柳稻花香。竹篱茅舍旧家乡。

2011 年 6 月 12 日　南园

蝶恋花·阅读长征

一九三四年十一月中国工农红军从江西瑞金撤退，湘江一战，损失过半，由八万多人锐减至不到三万人，鲜血浸染江水，百里流红。沁园春，指毛泽东词《沁园春·雪》。

我读沁园春里雪。朵朵如花，朵朵还如铁。耳畔忽闻风烈烈。马蹄踏碎霜晨月。　　岳麓山青枫树叶。片片飞来，片片深情说。莫遣红颜容易谢。年年应记湘江血。

2011 年 6 月 26 日　南园

浣溪沙·缺月补圆

缺月补圆，是谓书家曾来德先生之书法精神。二〇一一年九月九日，来德兄念我孤客京华，邀约去万泉楼赏月，共度金秋，并嘱作中秋词，许书法以赠。余上下班行走在前门东小街，因念每天黄昏见一拾荒老人缠裹旧衾露宿街头，故作《浣溪沙》一阕。来德兄大墨为天下贫士驱寒，缺月补圆，乃中秋第一要事矣。女娲补天，来德补月。笔墨京华，不可无记。余京城南园别署"补月楼"之名即由此而来。

白露来临夜转寒。拾荒野老宿街边。秋风秋雨有谁怜？　　黑白江山君掌握，要凉要热指挥间。时将缺月补成圆。

2011 年 9 月 9 日　北京前门东小街

浪淘沙·熟土难离

二〇一一年七月三十一日,离别南园,赴京履新。

《七月》一声低。不惹莺啼。让它蝶子立疏篱。整理南园风景好,任我东西。　家话少重提。熟土难离。黄泥深浅活根须。连到心头都是痛,滴滴丝丝。

2011 年 9 月 17 日　北京前门东小街

鹊桥仙·京华笔记

槐阴一地,花香满室。也有山林情致。胡同口吐老家声,浓着那,民间气息。　眉峰常展,窗门不闭。好读晴晨雨夕。当街是本热新闻,咱只记,清凉文字。

2011 年 9 月 18 日　北京前门东小街

一剪梅·江南一叶

—— 致鹏城女叶穗娟

一叶江南梦里飞。杏叶须眉。柳叶腰围。仿疑山鬼步轻微。云也追随。月也追随。　吟赏烟霞老石堆。又唤狮回。又唤鹰回。人生难得好风吹。背靠斜晖。面对朝晖。

2011 年 9 月 18 日 京华

鹧鸪天·俗眼留蓝

二〇一一年九月十六日（中秋后三日），与熊东遨、周燕婷、魏新河等诗友夜饮京城花家怡园，以稼轩"知我者二三子"句依座次分韵作诗留记，得"三"字。

不写秋声不写寒，稼轩词笔到今天。疏星远送无穷碧，俗眼能留一段蓝。　吟满月，记初三。十分无奈七分删。蚕虫偷舔沧桑叶，没到无时少说残。

2011 年 9 月 19 日 前门东小街

清平乐·疏影轻摇

　　二〇一一年九月十三日晚，梅兰芳大剧院，应中央美术学院教授、画家陈平先生之邀，观其新编折子戏，昆剧《画梦诗魂》。《画》剧据宋词人姜白石"自琢新辞韵最娇，小红低唱我吹箫。曲终过尽松陵路，回首烟波十四桥"诗意创作。古调新弹，别开生面。

　　烟花江上。谁讨青春账？又唤莺声红柳浪。又约小红低唱。　　暗香浮上柔毫。疏枝月影轻摇。落下一船清梦，明天好过霜桥。

2011 年 9 月 21 日 前门东小街

浣溪沙·初入大使楼

　　中华诗词研究院二〇一一年九月七日挂牌北京东交民巷晚清比利时大使馆，今紫金宾馆五号楼。院内曲池流水，藤萝满架，老木栖鸦，红杏满枝。

　　总觉门阴细语声。洋人鼻息起墙根。频将余目细搜寻。　　多少老楼陈旧事，一时放不到心情。推窗久对杏儿红。

2011 年 9 月 23 日 东交民巷九号院

秋波媚·小 芳

小芳冬尽到长安。人笑旧时颜。酒窝深浅，柳眉浓淡，重整婵娟。　　乡装脱去千般好，莫脱贴身衫。岩鹰也怕，早春寒重，裸露风前。

2012 年 2 月 13 日 东交民巷九号院

清平乐·立 冬

我惊叹古人对时令把握的准确。二〇一一年十一月八日，是日立冬。这天我正在河南省扶沟县，伫立于中原大地，远天寥廓，近水安详。此时身体像被谁推了一下，瞬间人若飘仙，然后复归平静。后来才知道，那一刻我和乾坤一道跨过秋天的门槛，走进又一个季节。下午去诗人王勇智先生"梅苑"，梅未开，香已觉。

身轻谁送。漩入乾坤阵。人若游仙天若梦。翻动玉光红影。　　随风踏上村阶。开门领略梅苔。秋气半丝去后，冷香一片飞来。

2012 年 2 月 21 日 前门东小街

清平乐·片片飞红

深宵我趁,片片飞红梦。行遍江南山水境。坐对荷塘月影。　　看她百合妍然。看她兰叶青然。看那勿忘我也,如何开到眉边。

2012年2月22日 前门东小街

庆清朝·又梦湘妃

明月如霜,清霜如水,水花点点圆圆。花光红紫,层层开向湖边。散发低眉情态,凌波一步一重天。昨夜里,湘妃又到,梦里缠绵。　　诉说年来心事,把般般无奈,写入愁笺。燕山狼影,身前身后流连。总念洞庭青草,与她亲近与她怜。君山竹,枝枝摇曳,欲语无言。

2012年2月13日 东交民巷九号院

踏莎行·春 帖

　　这是一帧未曾寄出去的报春喜帖，收帖者是长眠于故乡十二门飞燕山黄土地里我的母亲。远游有泪，还向娘流。小时候，母亲在月光下纺纱，用米汤浆洗衣被，温暖儿女一生。

　　游子有情，老天无血。娘亲莫待迎春帖。东风未肯嫁梅花，长安不落燕山雪。　　煮米浆星，栽棉纺月。征衣万里寒纱热。年年岁岁墓头青，男儿自是春颜色。

2012 年 2 月 15 日　东交民巷九号院

浣溪沙·读《西游记》

　　漫说昆仑雪不消。瑶池望断路迢迢。夕阳红映老孙毛。　　易水煮成柔指剑，燕山横作鼻头箫。闲吹小曲采青桃。

2012 年 2 月 19 日　前门东小街

浣溪沙·思乡曲

春去潇湘草木知。榴花红到向阳枝。由她夜夜管相思。　　细雨殷勤鱼快活,微风仿佛燕痴迷。莫拿明月说当时。

2012 年 2 月 24 日　前门东小街

清平乐·春

春肥春瘦。春色谁描就?一日三人忙不够,追着呼红唤绿。　　皇城根下榆芽。千点万点飞花。原是相思片片,随风直向天涯。

2012 年 3 月 3 日　前门东小街

临江仙·墨海飞舟
——题《后海墨舟》书家雅集

惯看鹅池鹤影,最迷水国渔洲。皇城根下落沙鸥。春风生后海,墨浪涌飞舟。　　天上云舒云卷,笔头闲说闲愁。竹林人物自风流。指挥铜意思,放出玉温柔。

2012 年 3 月 14 日　后海

菩萨蛮·洛阳花

—— 洛阳诗会志贺

洛阳城在心头上。洛阳城是何模样？车过洛阳时。梦知人不知。　诗人今日会。对景当沉醉。莫摘洛阳花。醉时难痛她。

2012 年 4 月 8 日　东交民巷九号院

贺新郎·笔墨千秋

读画家王明明先生手卷作品，并寿公六十华诞。

怕碰山枝响。怕惊它，画中风景，安详模样。几处莺声声巧巧，又被老泉声痒。随陶令，闲吟闲唱。疏处竹林浓处柳，是林中，自有清风酿。人自在，山阴上。　江山还要文心养。最多情，千秋笔墨，千秋念想。不使新红欺旧绿，珍重老家门巷。要让那，苔花常放。夏雨冬霜都读了，便眼前，一片春波漾。寿公酒，心头烫。

2012 年 5 月 4 日　前门东大街

相见欢·"捉菠萝"

"捉菠萝"为余三岁孙女蔡舒彤自制南园爷孙游戏。她前我后，左手后背，右手频挥，边走边唱"捉菠萝""捉菠萝"，以突然手拍并报出物体名称或树叶或石头或花朵为胜。

凌霄一树红多。影婆娑。新制南园童话，雀声和。　跟她走。频挥手。"捉菠萝"。难得时光深处，唱儿歌。

2012年8月5日 绿杨宾舍

清平乐·残宵问月

明窗星动。弄断残宵梦。梦不成阴人自闷。翻看阶前月影。　看她新月弯弯。看她满月圆圆。问她天上宫阙，如何照料人间？

2012年8月5日 绿杨宾舍

江亭怨·潇湘红

昨夜一枚含笑。无奈秋虫啼恼。消息不成眠，惹得闲愁多少。　心事谁来照料。案几紫薇娇小。千里碧云深，总被潇湘红了。

2012年9月22日 绿杨宾舍

金缕曲·槐花落

一树槐花老。有风来，槐光恍惚，槐花落了。怕见槐花花满地，又怕蝇爬鼠咬。寻笤帚，殷勤拭扫。寂寞花魂何处去？最怜她，冷落荒原草。风和雨，频频到。　　槐花梦里莺啼小。一声声，送花南浦，送花秋杪。送入昆仑山上路，杏艳桃红正好。拥群芳，百般缠绕。拾起槐花三两片，色悒悒，尽作愁肠料。乾坤事，人间恼。

2012 年 9 月 22 日 绿杨宾舍

高阳台·骑士

裂石崩云，敲冬捣夏，奔腾匹马西征。赤尾红鬃，飘飞火焰燃空。地平线好轻舒展，任由它，弹奏蹄声。最开心。马上风光，大地都雄。　　当年骑士风流甚，看山狼闪脚，野豹生擒。厄运难逃，怪它冒失飞鹰。近来常续沙场梦，引胡笳，吹醉黄昏。马嘶鸣。跃上霜阶，踏破愁城。

2012 年 8 月 5 日 绿杨宾舍

踏莎行·北极村放鸟

　　二〇一二年初秋到漠河北极村。随便往哪一站，便觉天低地小，人在天地中央。

　　落叶红稀，飞虫轻巧。蓝天撑个玻璃罩。地平线在眼跟前，圆圆脚下青盘小。　　天地长留，人生易老。如何解此方程好？趁它片片早秋光，放飞只只知春鸟。

2012 年 8 月 25 日 绿杨宾舍

沁园春·指上风光

——听蔡霞大筒演奏

大筒为胡琴之一种，竹为筒，菜花蛇皮蒙面。它音色浏亮，穿透力强，是湖南花鼓戏伴奏的领弦乐器，深受爱吃辣椒的湘人喜爱。二〇一二年四月四日，在湖南长沙大厦听常德姑娘湖南艺术学院副教授、二胡演奏家蔡霞大筒演奏。长沙人称年轻女子为"妹坨"。

款款走来，民间深处，常德姑娘。看竹筒吐出，乡村故事；柔丝拉扯，野镇嚣张。骡子精神，妹坨气概，还从五指说风光。真痛快，这湖南辣味，捣碎毫肠。　　琴声也道苍凉。便只作，山高水更长。把愁桃怨杏，通通放下；冬阳夏雨，细细商量。刘海樵歌，二泉月亮，都是时空一段忙。君且记，要黄泥地里，摘取芬芳。

2012 年 10 月 20 日　绿杨宾舍

苏幕遮·远浦归帆

月朦胧，花恍惚。隐约莺声，又被风声覆。欲寄锦笺箫管瘦。每到黄昏，惆怅还依旧。　　白蘋洲，菱角渡。远浦归帆，春水层层绿。借问少游郴岭雾。雾失楼台，雾失相思否？

2012 年 10 月 22 日 绿杨宾舍

浣溪沙·梦回锡福围（八首）

湖南湘阴蔡氏始祖荣精公，明初洪武六年由江西吉安府吉水县蔡家园迁徙至湘阴县城对河中洲、锡福围等地。拓荒播种，繁衍生息，成一方富地。一九二二年修湘阴蔡氏家谱记述："乾嘉之际，先族聚居锡福围者，不下千人，膏腴万亩，比屋重甍，烟火相望，号称巨富焉。"锡福围石子口牌楼为"洞庭八景"之一。自明以后，长江治水，行"保北丢南"方略，不断加固荆江堤防。致使长江洪水向南经淞滋、太平、藕池、调弦冲出四条河道，进入洞庭湖。洞庭湖水位急剧升高，锡福围连年水患。清道光年间，先祖被迫又一次背井离乡，由锡福围迁徙至洞庭湖东岸淮西坝、十二门、颜家神、桑树塘、罗塘等地。从此远离水祸，安居乐业。洞庭湖四百余年生态史，于此依稀可见。

其 一

蹈浪腾波锡福围。京华梦里几回回。天涯游子踏秋归。　远见渔翁招手笑,趋前童女拽衣随。篱笆墙院敞门扉。

其 二

进了桃家进杏家。家家柴火煮烟霞。鲜鱼甜酒老姜茶。① 　兄道人勤仓谷满,婶言地熟好栽麻。顽儿活泼数新瓜。

其 三

古柳牌楼老戏台。益阳花鼓鼓声催。②人人争道俏姑来。　台上佳人才子配,台前杏眼对桃腮。乡村戏事费人猜。

其 四

闻得书香又墨香。柴门向日小轩窗。村夫三五说文章。　汉韵最撑腰子骨,唐音能暖隔年霜。传家有宝用心藏。

其 五

夜宿船家古渡头。涛声依旧枕风流。由他明月染清秋。　浪卷长沙狮虎阵,桨雄常德豹狼愁。③艄公梦里赛龙舟。

其 六

登上苇滩一处高。坟头红朵血难消。几家和梦卷波涛。　　旧魄犹巡堤脚去，新魂似道筑基牢。如何燕子怕归巢？

其 七

赣水湘江一梦牵。祖先行迹总茫然。风波万里洞庭船。　　无奈桑田成泽国，但留老泪种新鲜。繁花又发向阳园。

其 八

揭去烟波片片皮。残砖断瓦贝螺栖。故园风物尚依稀。　　牛岭坡头蒿草静，瓷场湖面雁翎飞。④黄泥熟土暖乡思。

【注】

① "鲜鱼甜酒老姜茶"，湘阴人待客以"甜酒""姜 盐芝麻豆子茶"为敬。

② "古柳牌楼老戏台。益阳花鼓鼓声催"，湖南花鼓戏人人喜爱，益阳花鼓在湖南很有名。

③ "浪卷长沙狮虎阵，桨雄常德豹狼愁"，旧时湖南水乡端午赛龙舟最为热闹，各地常组队龙舟大赛。

④ "牛岭坡头蒿草静，瓷场湖面雁翎飞"，"牛岭坡""瓷场湖"均为锡福围地名。

2012年11月3日 绿杨宾舍

贺新郎·农

神农架神农雕像前之思

目敬神农久。便眼前，农的身影，山前山后。才吐草花红血滴，又断青藤入肚。双膝跪，翻耕泥土。一寸一厘前掘也，向千秋、万代儿孙路。农绘了，河山秀。　　如今农字眉头皱。最羞言，农民身份，农村人口。各路诸神雄辩甚：粮食工场可做；要什么，田园风露。泥土心思农晓得，只神农，怕看农生锈。天欲暮，低回首。

2012 年 11 月 18 日　绿杨宾舍

如梦令·玉兰花开

绿杨宾舍，数株白玉兰盛开。绿杨宾舍，原称西公所，又称绿杨别墅。原是清乾隆长子安定亲王永璜第五十孙毓朗的宅园。绿杨宾舍紧邻颐和园、圆明园，是一个占地数亩的古典庭院式四合院。院内海棠、银杏、枣、榆、槐、柏、竹等花木四季青翠。二〇一二年四月，中华诗词研究院从东交民巷紫金宾馆（原晚清比利时大使馆）搬至绿杨宾舍，是为国务院参事室第三办公区。

檐角一弯如黛。今夜客思谁在？短梦未曾圆，零碎松鸦声外。期待。期待。晨与玉兰花卖。

2013 年 4 月 17 日　绿杨宾舍

定风波·题《锦林秋霜图》①

塞草初黄叶未凋。万千红紫涨秋潮。匹马群牛闲处好。莺调。这边细细那边高。　　一卷古风香汉墨。奇绝。河山醉了醉眉梢。愿作胡杨林下客。轻说。嵇康不是是渔樵。

【注】
①《锦林秋霜图》为中央美术学院教授、工笔画家苏百钧先生长卷作品。

2013年4月18日 绿杨宾舍

定风波·题《霍林河源图》①

雁语秋高九月天。马头琴里牧歌酣。大地原来真够味。妩媚。许多梦幻正缠绵。　　纸上如何生境界？全赖。掌中坐个笔头禅。君向霍林河畔立。奇迹。人间有我自由仙。

2013年4月18日 绿杨宾舍

【注】
①《霍林河源图》亦为苏百钧先生长卷作品。

如梦令·明月海棠

春到海棠花背。人到梦乡乡尾。明月又窥窗，品读夜光情味。星睡。星睡。晨起吹风看水。

2013 年 4 月 20 日 绿杨宾舍

菩萨蛮·藤芳坡纪游①

藤芳坡里芳菲好。藤芳书屋书风绕。窗近刺藤花。有人还看她。　徽宣倾汉墨。快写晴时帖。珍惜少年春。深红是浅红。

【注】
① 藤芳坡，为诗人、书家陈自勇之家园。

2013 年 5 月 19 日 绿杨宾舍

临江仙·藤芳坡耕种

检点绿肥红瘦，由它虫懒莺忙。云飞云散任疏狂。种田人到也，收拾旧时光。　我有犁锄在手，好耕夏雨秋阳。白兰做了酿花娘。引来蜂与蝶，咀嚼一坡香。

2013 年 5 月 20 日 绿杨宾舍

浣溪沙·脚下春天

腿疾，术前作。

走过千山与万山。千山不语万山难。男儿脚下有春天。　　曾是玉门关外士，而今又入雁门关。楼兰只作玉兰看。

2013 年 5 月 26 日　积水潭医院

金缕曲·楠

二〇一三年春观北京"室雅楠香"金丝楠家具艺术馆。

室雅楠香醉。步轻移，楠风扑面，楠光如水。总想亲她楠面好，又怕玉容憔悴。细品呷，楠娘情味。多少英雄怜美色，看楠花，开到男儿累。楠不语，楠心事。　　夜阑梦入楠天里。最惊讶，老家模样，原来如此。几缕晨烟楠露滴，一树鸟音又起。声声是，楠园消息。白发楠翁神话切：劝人间，放下屠楠意。楠佑我，桑梓地。

2013 年 5 月 26 日　绿杨宾舍

浣溪沙·雁影横天

明日腰脊椎手术，辗转无眠。回首当年，兵旗指处，铁血奔流，眼前便觉花红万朵，雁影横天。

收拾当年旧战场。兵歌旗帜马蹄霜。血光如火煮残阳。　梦里花红千万朵，眼前雁影两三行。缝天补地待刀郎。

2013 年 6 月 7 日 夜，积水潭医院

浣溪沙·月瓜星豆

积水潭闻神舟十号飞船酒泉卫星发射场升天。

积水潭开夏日莲。池鱼争戏水中天。酒泉消息到眉巅。　人借神舟游宇宙，我思宇宙小田园。月瓜星豆最欣然。

2013 年 6 月 12 日 癸巳端阳积水潭

西江月·端午汨罗江

五日昨天已过，我来不是端阳。水边沙鸟一双双，留得几声清唱。　　岁月由它老去，吟歌已入苍茫。诗心还痛汨罗江，自有诗人模样。

2013 年 6 月 13 日　积水潭

蝶恋花·读《百花赋》

《赋》为北京航空航天大学楼士礼先生花卉摄影集。

朵朵花开心事媚。开卷闻香，香软肝肠肺。百态千姿妖手绘。谁人能解花滋味？　　花也匆忙人也累。花怕人闲，人怕花憔悴。莫笑春风容易醉。花间人语殷勤最。

2013 年 6 月 27 日　京东常营

鹧鸪天·纸上花

谁捉花妖纸上忙？花姑花妹俏花娘。兰心活泼河山梦，杏眼穿棱日月光。　　桃未白，菊初黄。秋风不管夏荷香。人间花事须珍重，莫使残红对夕阳。

2013 年 6 月 27 日

清平乐·村夏

柳篱茅瓦。蓬勃瓜藤野。争与黑蜓黄蝶耍。忽被荷香香啦。　　荷花烂漫荷塘，荷阴自在鸳鸯。荷叶层层卷碧，无端绿了思量。

2013 年 7 月 8 日 京东常营

金缕曲·北京中轴线

应《光明日报》韩小蕙女士之约而作。

一轴中分线。定乾坤，天涯地角，河山能遣。此去东西南北路，铺出锦葵瓣瓣。便觉她，花光犹闪。夜夜天安门上月，挂柴门，温热还香软。交泰殿，飞来燕。　　轴心一杆红旗展。与太阳，同升同降，同旋同转。家国情怀谁领略，看此蓝天大典。最关心，神州颜面。多少豪英儿女志，向人间，绘我中华卷。太和梦。轴中显。

2013 年 6 月 30 日 京东

浣溪沙·歌者

北京常营保利嘉园常见上世纪五六十年代出生的歌友相聚，清唱当年曾经熟悉的青春之歌。

莫说阴凉自绿萝。京腔杂韵也婆娑。青春曲调久消磨。　　仿佛有风风仿佛，如何好梦梦如何？白头人唱少年歌。

2013 年 7 月 13 日　常营

西江月·周年雨祭

二〇一二年七月二十一日，北京暴雨，致数十人死亡。

记得去年今日，热天消息都寒。亡魂漂泊雨帘间。顿失古都颜面。　　总是杞人心结，高楼水电全瘫。苍生可有过河船？渡向杨堤柳岸。

2013 年 7 月 21 日　保利嘉园

浣溪沙·读词

雨夜相思泪暗流。枕边花粉向谁愁？雷声偏又落窗头。　　电闪能红天万里，青春无力梦千秋。江湖浪泊木兰舟。

2013 年 7 月 14 日 北京常营

南歌子·粗茶淡饭

花满朝阳树，红稀落月坡。霜风吹老少年歌。赢得一时烂漫，又如何？　　欲重乾坤窄，愁轻岁月多。能高能矮是山河。最是粗茶淡饭，伏心魔。

2013 年 7 月 18 日 北京常营

临江仙·乡村熟狗

久作天涯孤旅客，年来足倦人愁。天寒长忆小泥炉。煨芋三奶奶，香羡隔篱牛。　　鸟翼驮将山色去，月光又上层楼。总疑虫语洞庭秋。乡思如熟狗，闲卧老村头。

2013 年 7 月 11 日京都

西江月·重读《大漠兵谣》①

又到无聊时候,闲翻《大漠兵谣》。红旗卷向雪山雕,一队马蹄声小。　　多少青春故事,难眠草绿军包。近来始觉漠风高,总被诗情分了。

【注】
① 《大漠兵谣》为余创作的自传体军旅纪实散文,二〇〇五年解放军出版社出版。

2013 年 7 月 21 日　保利嘉园

江城子·暖日心情

近来常忆小重山。别湖南,到岭南。千里莺啼,晓梦一时间。便作珠江无限意,流不断,洞庭澜。　　寻常日子莫轻删。月蓝蓝,水蓝蓝。暖日心情,泥土也狂欢。我有相思何处寄,青草地,草芽湾。

2013 年 12 月 10 日　补月楼

鹧鸪天·汉骨秦筋

——致书法家晏晓斐

汉骨秦筋寸寸量。山阴道上法书郎。大风歌起龙蛇阵,碧玉磨成锦瑟肠。　　生好梦,到潇湘。一横一竖慰爹娘。便将儿女青春色,点染河山大地香。

2013 年 12 月 11 日 补月楼

生查子·夜来灯火

夜来灯火肥,好种相思树。蝴蝶满林飞,鸟雀频频顾。　　沉璧潭北庄,茵梦湖南浦。有个惜花人,闲读黄花句。

2013 年 12 月 13 日 补月楼

生查子·翠湖鸥影

入冬,数万只西伯利亚海鸥飞来昆明,滇池、翠湖海鸥翔集,与人同乐,为春城一大奇观。

行在翠湖边,误入鸥之国。鸥影十分忙,似落鸥天雪。　　我有一分言,羞与花鸥说。今夜梦双飞,同赏西山月。

2013 年 12 月 17 日 昆明

生查子·家在湖南

我家在湖南,杨柳村中住。五月梅熟时,看水吹风去。　　闲眠一片云,等落湖西日。月上柳梢头,人约黄昏后。

2013 年 12 月 22 日 补月楼

浣溪沙·老屋

二〇一三年十一月七日走进潮州古街老屋。

怯步前堂后灶房。总疑迎笑客家娘。小心踏碎旧时光。　　墙角草花红朵瘦，雕窗蛛网绿丝凉。久凝天井老残阳。

2014 年 1 月 20 日　补月楼

临江仙·故居夜宿

甲午正月初二，宿故乡湘阴十二门胞兄蔡正平新居。

沉入父亲华丽梦，清鼾一曲天明。晓烟几处绕山青。村居新结构，城市让三分。　　犹记少年风雨夜，寒窗滚过雷霆。母亲摸黑取家珍。撑门是竹椅，接漏有杉盆。

2014 年 2 月 10 日　补月楼

散天花·海棠

春放闲庭第一枝。海棠花小小,有谁知?由她初绽老墙西。由她羞涩态,被风欺。 夜磨香墨写新词。剪裁红朵少,减相思。哪知越减越痴迷。万千红蛱蝶,满林飞。

2014年2月9日 补月楼

水调歌头·西北雄儿

十载天山客,仍活土根须。梦里几多颜色,最绿是军衣。一把老式兵刀,挑起轮台新月,静夜古今栖。洗亮清圆目,是那打霜曦。 草原风,沙场雨,雪山雷。寒暑几曾磨砺,西北有雄儿。要在烟花丛里,要在胡同阵里,棋局不曾迷。因借昆仑雪,来擦雾霾眉。

2014年2月15日 补月楼

水调歌头·找鞋

甲午元宵因琐事大恼。晨梦找鞋，记之。

近来无好梦，晨梦找皮鞋。当时脚热难耐，脱袜上阳台。赤脚英雄行动，无视众人笑煞，且饮且开怀。聚欢人欲散，不见老头鞋。　面生羞，心冒汗，梦惊开。一笑文明世界，二笑己身哀。我本乡村物种，赤脚曾经惯了，何必小心哉。都是乾坤客，一一化尘埃。

2014年2月15日 甲午元宵后一日 补月楼

水调歌头·童话

甲午春节回故乡湘阴高峰台十二门。

甲午新年至，身向故乡栖。晨光邀我去看，湖上雁翎飞。路遇童年伙伴，一脸太和气象，笑问几时回？把酒松阴下，活泼两村儿。　嚼草根，咽糠饼，啃干茴。于今最难放下，风雨雪霜雷。醉眼黄泥地里，点点青青绿绿，春又画人眉。老了方明白，土是养心肥。

2014年2月15日 补月楼

浣溪沙·解题

一道糊涂账目题。几分清水煮青泥。千年不断是耶非。　　多少世间难了事,何妨不了了难之。醒来闻唱早莺啼。

2014 年 2 月 15 日　补月楼

水调歌头·黄河

一九八五年至一九八九年居兰州黄河滨。三十年了,总想唱一支黄河的歌。

兰州何所忆,最忆是黄河。遥望皋兰山下,一带似绫罗。谁锻千钧铜板,叠叠层层直下,雄唱大流歌。黄土高原血,红入海潮波。　　三十载,情未老,任蹉跎。幸得黄河铸造,意志未消磨。脚踏山川大地,事做平凡细小,有梦不南柯。人在沧桑里,苦乐又如何!

2014 年 2 月 16 日　补月楼

浣溪沙·夜半钟声

春锁深山古寺中。对窗闲数可人星。梦魂依旧是从容。　　惊起一轮寒月亮，驰来满地绿毛风。小僧夜半误敲钟。

2014 年 2 月 16 日　补月楼

生查子·天潇奏艺

尚天潇、郁音阶婚礼志贺。尚天潇为中央美术学院博士。中央美术学院地处北京望京花家地。

春上绿阴阶，来访花家地。路遇竹林人，闲说兰亭事。　　一管向天箫，吹动银河水。洗却世间尘，养得乾坤艺。

2014 年 5 月 10 日　南园

贺新郎·双龙配

弟子刘慧龙、龙科婚礼志贺。刘慧龙为画家，龙科为琴师。

且祝双龙配。正相宜，一龙描彩，一龙调瑟。尤忆呼徒还买酒，醉了相思一地。四年过，家成业立。彩绘人生风景好，喜男儿，蓄了豪英气。再呼声，慧龙矣。　　丝丝又觉琴声起。是龙科，指尖拨动，高山流水。白鸟呼来黄鸟闹，歌入鸳鸯丛里。花与叶，也生情意。月里嫦娥倾耳听，羡人间，门贴红双喜。心中事，难料理。

2014年5月10日 南园

浣溪沙·梦里依稀

梦里依稀过石桥。水村山郭酒旗招。微风澹荡洗征袍。　　收拾一肩辛苦担。松开三束是非毛。如何蝶子不逍遥。

2014年6月9日 亚运村

金缕曲·中华韵[①]

一曲中华韵。便眼前，东风万里，人间春动。莫道江南花市早，汉子挑香卖杏。北极村，又传红讯。仄是山峰平是水，仄平平，大地千秋咏。莺与蝶，欢声诵。　　《诗经》如露河山润。《满庭芳》，护肝养血，常吟《橘颂》。汉韵唐风梳洗遍，消却脂膏金粉。铸民魂，神雄骨俊。君看海洋蓝色里，最宜观，黄土黄河影。天地眼，乾坤镜。

【注】
① 此为二〇一四年中央电视台《诗行天下·山水雅集》片尾词。

2014 年 6 月 21 日 补月楼

蝶恋花·石芙蓉

二〇一四年六月走川南。江安得长江石，上有芙蓉一朵。

谁说洗红颜色淡？石上花痕，水洗千年灿。但看江流流不断。浑然一曲时空恋。　　莫叹人间风雨暗。落日江头，夜尽朝霞染。梦里芙蓉红烂漫。惜花人又花前站。

2014 年 6 月 30 日 补月楼

鹧鸪天·沧浪之水

一九八一年冬去川南宜宾接新兵。三十三年后旧地重游,征衣换色,江浪牵情,踪迹可寻乎?

战气难消战地霜。兵哥今又立长江。抬头但见天无限,忆梦犹惊水却凉。　　云聚散,草青黄。人生毕竟是沧浪。细心听得江风语,续我青春一段香。

2014 年 7 月 3 日　南园

清平乐·初夜台湾

二〇一四年十二月率中华诗词访问团访问台湾。十六日夜宿台南。

街灯如豆。粒粒相思熟。揩去时光光面锈。忐忑相逢时候。　　翻箱打理衣衫。镜前整理容颜。熬到更深睡去,又还醒了诗篇。

2014 年 12 月 17 日　台南

菩萨蛮·做客台南人家

弯弯小巷清流水。家家尽在榕阴里。老屋木门开。柔声唤客来。　诗心红夕照。酒醉闽南调。一曲画堂春。中华韵里人。

2014 年 12 月 17 日 台南

清平乐·空天明月

花开花谢。花事谁能说。最是相思难了结。坐看空天明月。　苍苍莽莽尘寰。幻成五彩斑斓。月是禅心一颗，要她清静人间。

2014 年 12 月 17 日 台北

临江仙·彰化途中

余喜一九八〇年代台湾校园歌曲《外婆的澎湖湾》《童年》等。

漫步乡间小路，椰风叙说从前。村庄如梦亦如烟。一群山鸟白，飞向水边蓝。　犹听外婆清唱，阳光白浪沙滩。澎湖湾里好湾船。老船今不在，惆怅想童年。

2014 年 12 月 17 日 台湾彰化

清平乐·士林官邸

　　台北士林官邸为蒋介石、宋美龄官邸。凯歌堂，为蒋介石、宋美龄做礼拜的地方。是日，士林官邸菊花吐蕊，可惜黄昏。

　　山阳斜照。古木苍山傲。如此风光如此好。可惜闲愁分了。　　凯歌堂上歌声。细闻只有冬声。寂寂椰林道上，黄花暗淡黄昏。

2014 年 12 月 18 日　台北

清平乐·霜冷长河

　　听陈继平教官讲述台湾老兵旧事。一九四九年入台老兵中，相当一部分晚年生活凄凉，有的做着与大陆妻子团聚梦，有的终身未婚。上世纪八十年代大陆改革开放，不少台湾老兵回大陆探亲，几乎把全部积蓄分散给了大陆的一些亲戚，有的甚至举债回到台湾。在台湾没有后人的老兵又积攒一些钱财，托付给朋友，待死后帮其安葬。

　　霜兵谁绘。霜冷长河背。烽火烫身难暖胃。莫道冰心易碎。　　望花望月玲珑。和风和雨零丁。夜夜和愁睡了，乡思一霎温存。

2014 年 12 月 18 日　台北

清平乐·嘤鸣古道

听台湾诗人诗词吟诵,思绪四百年来台湾开发史。

嘤鸣古道。一阕闽南调。岛上荒烟和雾扫。报告春天来了。　　今天我到台湾。梦回四百年前。灯火欲明欲暗,泪珠欲断还连。

2014 年 12 月 18 日 台北

鹧鸪天·尘世风光

尘世风光仔细看。偶开天眼见茅山。霓虹灯暗蛇毛冷,宝玉光柔蝎齿寒。　　戈壁柳,老山兰。青霜黑雨有容颜。清宵隐约龙泉令,铁血兵哥梦未酣。

2014 年 12 月 22 日 补月楼

浣溪沙·地虫吟

乘地铁上下班。

命里难移土地情。泥肠深处暂栖身。悠悠一曲地虫吟。　　看久天光云影幻，感知地热气温真。京华我是土行僧。

2015 年 3 月 30 日　补月楼

临江仙·故乡天下黄花

谁配辉煌二字？故乡天下黄花。江南四月我当家。漫天红蝶舞，幻出赤潮霞。　　能赏花光一束，人生也自奢华。须从泥土识爹妈。心存山果实，落地便生芽。

2015 年 4 月 2 日　回湘途中

贺新郎·墨语山河

——题陈海安焦墨山水画长卷《墨语山河》

墨语山河气。画图新,天开云锦,烟岚明灭。铁壁昆仑谁啸傲?许我湘郎才笔。更涂出,龙游凤戏。鱼跃鸢飞春世界,细描容,柳色荷光碧。个中有,鸳鸯蜜。　　昨宵梦入相思地。直奔来,老家黄狗,亲鞋舔背。脚踏水车声叽嘎,风送樵歌又起。总觉着,渊明消息。手织篱笆三百米,要留它,黄菊丛丛丽。人自在,南山里。

2015 年 4 月 9 日　补月楼

鹊踏枝·梅

一树新花红灿灿。红了相思,红了年年愿。长是苍茫人不见。江天寥廓情难遣。　　欲吐蓝珠红泪染。怕语沧桑,怕被东风怨。且对霜容留素面。梅心但看红红点。

2015 年 4 月 29 日　北京宽沟

水调歌头·寿刘征老九十华诞

刘征，著名诗人。雁栖湖，地处北京怀柔雁栖小镇，因每年春秋两季大雁成群来湖中栖息而得名。"二〇一四年北京EPEC峰会"（亚太经合组织领导人非正式会议）在此举行。年初，余受命为雁栖湖景区组织创作楹联诗赋，聘刘征先生为艺术顾问。

水调歌头起，贺寿北溟鱼。刘公九十初度，浪卷慧风呼。一看青山如画，二看海天寥廓，再看白云舒。闲话桑麻事，邀约射山姑。　　晴栽松，雨栽竹，不栽无。人间几许颜色，还要美人敷。语罢虫莺舔翠，定眼蓟门林下，刘老指梳须。待到百年寿，相醉雁栖湖。

2015年6月20日 端午　补月楼

临江仙·柳庄

湖南湘阴湘江东岸的柳庄为左宗棠故居。

阔岸湘江瓜果地，柳庄耕读人家。山村瓦舍起烟霞。春风杨柳绿，红入玉门花。　　蛙语眠桥惊夜月，爬藤痒恼闲鸦。人间活泼是桑麻。几多泥土味，可向左公赊？

2015年8月8日 立秋日 南园

水调歌头·东湖曲

写家乡湘阴县城东湖。

　　扁扁弯弯道，花木正扶疏。沙滩童子欢闹，鸟雀也相呼。鹤吐玉池春水，天渗银河翠液，着意古城湖。且上杜公岛，好钓大唐鱼。　　荡彩舟，携恋侣，采芙蕖。一篙撑动云锦，幻入八仙居。敢问洞宾小叔，漂亮麻姑姊子，此地是何如？国舅高声语：吾买畔湖庐。

2015 年 8 月 8 立秋日　十二门

鹊踏枝·邓婆桥

　　故乡湘阴，东湖新造，失邓婆桥，捡旧迹补之。邓婆桥为古时一邓姓婆子出资建造。为麻石拱桥，年深日久，桥面石头碾出深深的人迹车辙。上世纪七十年代初，余就读湘阴一中，相约女同学多次行过石桥。

　　新月半弯还半掩。柳影轻摇，细碎娥眉面。相约邓婆桥上见。行过石桥，还觉石桥颤。　　眼里东湖如梦幻。四十年前，旧迹无人捡。夕照苍茫云水浅。空天一雁青山远。

2015 年 8 月 9 日　十二门

水调歌头·活土根芽

一笔乡思债，又到梦中赊。东风几许情态，恣意在桑麻。要向白云深处，要向黄泥地里，种植绿生涯。能识山心者，山鸟与山花。　　土勤松，水勤洒，活根芽。青藤结满日子，个个是新瓜。砍得南山竹竿，端正笠翁模样，直钓玉城霞。风景故园好，不被暮云遮。

2015年8月9日 十二门

念奴娇·罗子国公主（二首）

台湾邓素贞女史，德、慧、慈、能，艰辛创业，富家资。然命途多舛，终日郁闷难欢。一日夜梦，前世乃二千五百年前春秋罗子国公主，因虐待宫娥，颇多手段，转世今生遭此报应，唯多行善事方可化凶为吉。邓八方打听，史书查找，遍寻罗子国不着。二〇〇四年随友人游湖南，至汨罗。席间知罗子国都城遗址即在今日汨罗江畔琴棋望，有石碑可证。邓喜不自胜，实地察看，泪如泉涌，身卸千斤。乡音犹熟，旧物犹存，故土黏心，殊觉亲切。数年间，邓捐资1.2亿元人民币用于汨罗市教育及慈善事业。佳话亦神话，代公主制南园词《念奴娇·罗子国公主》二首以记。

其 一

　　有谁知我，是千年公主，国王后裔。罗子国都都几许，但见石碑留记。草暗池塘，瓜红木叶，蚕语牵丝细。香泥盈鼻，万般千种滋味。　　遥想昔日都城，画墙绣柱，我导宫娥戏。嚷杏呼桃抬竹轿，摇到日低人睡。旧物犹存，乡音犹熟，醉了相思地。琴棋望处，汨罗江水流碧。

其 二

　　断桥还过，向江村深处，依然行走。瓜熟民间烟火旺，暖热王宫公主。似是前朝，又疑今日，身在何时候？乡关日暮，烛光一点如豆。　　不问尘世苍茫，平生自觉，直与天长久。万象从来人不管，但听晓莺啼曲。蝶梦庄周，庄周梦蝶，一梦成今古。蝶衣收拾，村童前又招手。

2015 年 10 月 30 日　汨罗江

浣溪沙·隋梅

浙江天台山国清寺有隋梅一株，距今一千四百余年。

　　来拜天台土地神。隋梅风景四时新。一枝一叶是天真。　　休说红尘无玉屑，须知古木有初心。先生要种石榴红。

2015 年 10 月 30 日　天台山国清寺

水调歌头·天台山纪游

秋落天台路，一路问黄花。山风更兼细雨，洗我俗根芽。旋入谪仙梦迹，白鹿青崖为伴，似驾凤鸾车。行到溪湾处，山被墨云遮。　　龙长吟，虎长啸，树堆鸦。天开半片云锦，放出赤城霞。翘起飞檐一角，隐约琼楼玉殿，人语软如纱。初到神仙府，小住且为佳。

2015 年 10 月 31 日　天台山

西江月·雾霾

又是雾霾天气，人家闭上门窗。几曾无奈看花黄，黄满一天惆怅。　　莫道人生易老，天也老了心肠。隔三差五耍癫狂。真个疯儿模样。

2015 年 12 月 10 日　补月楼

蝶恋花·兵哥小唱

破晓巡边骑白马。马上横戈，戈断苍茫野。黄狗急呼声促哑。分明又被鹰光惹。　　北塔山随春入夏。明月惊空，一地如霜打。手剥霜皮当信写。昨宵可又相思咱。

1982 年记于新疆北塔山
2015 年 12 月 10 日　补月楼

水调歌头·虎

一九八六年十一月二日，夜清如水。云南老山前线麻粟坡落水洞，兰州军区司令员赵先顺在六尺徽宣上大书"虎"字赠我。

将军书虎字，草木也生威。南天千里万里，笔阵引惊雷。三角梅花开到，热血男儿梦里，红土喜栽培。虎跃疆场上，战士凯旋归。　　洞庭霜，燕山雾，暗跟随。南园多少词句，最要苦相催。三十年前神虎，总在胸中活动，一啸彩虹飞。回首硝烟处，但看战云堆。

2015 年 12 月 11 日　补月楼

鹧鸪天·白云窝

人上高楼要唱歌。眼前山水好消磨。莺啼金鹗堂前树,鱼跃南湖壁上波。　彭泽菊,洞庭荷。心花开到白云窝。辛勤挣得银钱少,只买清风明月多。

2015 年 12 月 13 日 补月楼

虞美人·空山堂

空山堂上山光淡,几案文香懒。动人帘子不须裁,只剪一勺岚黛挂阳台。　苍皮松下棋盘老。青石苔斑好。近来对弈是何人?山坳桃花坞里白头新。

2015 年 12 月 13 日 补月楼

沁园春·清和园赋

清和园为湘籍作家李清明之家园,买马村为其老家。

乙未秋边,辞赋桑园,园曰清和。是新风世纪,清明气象;故乡圆梦,清韵生波。剪土栽松,裁山养鹤,还种鱼湾浅浅荷。相思浦,有天光云影,斗笠渔蓑。　　也曾笔许山河。漫赢得,天然文字多。要潇湘风景,翩然入画;洞庭故事,仔细消磨。买马村前,牧牛背上,犹觉铃铛响汨罗。沉吟久,听柳林深处,又起鹂歌。

2015 年 12 月 16 日　南园

沁园春·立人书院赋

立人书院为北京海淀区民族小学二〇一五年筹建。此地明清时为佛教法兴寺。

海淀名区,京都福地,书院重开。喜竹影扶墙,右军拨墨;莺声绣柱,宋玉抒怀。老石生香,新花放彩,一院清幽款款来。凭栏处,与天风浩荡,古意徘徊。　　乾坤时起尘埃。要种下,人间富贵胎。唯安心安肺,书能快乐;立言立德,身不斜歪。刚日读经,柔天读史,大美文章仔细裁。沉吟久,觉珠明宇殿,玉润心斋。

2015 年 12 月 31 日　南园

浣溪沙·兵婚小景

一九八〇年新疆军营新婚。土房虽矮,然泥炉小灶,温馨可忆。冬天,窗玻璃冰花绘景,神笔生辉。

常忆新疆土壁家。兵婚新喜我和她。泥炉虽小减温差。　收取檐前寒暑色,煮成片片补窗霞。冬来笑绽鲁冰花。

2016 年 1 月 1 日　补月楼

鹧鸪天·都江堰

都江堰有玉垒山、翠月湖。

谁写人间一字春?都江老水流新。闲观葵麦含冰色,甜嚼桃梨起李情。　邀翠月,拜先生。云浮玉垒散香霖。晨鸦惊断乡思梦,报告山花树树红。

2016 年 1 月 6 日　补月楼

水调歌头·贺新年

应《人民日报》之约而作。

乙未终宵梦，裁锦剪窗花。词肠多少情意，贺岁大中华。一剪城乡如画，二剪民安国泰，三剪老藤瓜。风景年年好，大地绿生涯。　　与东坡，吟古韵，饮春茶。《弹歌》声里犹见，祖父唤泥娃。收拾竹弓石弹，做个酷儿模样，去坐宇航车。爷俩玩穿越，同赏赤城霞。

2016 年 1 月 21 日 南园

金缕曲·落水神曲

　　一九六八年，余就读湘阴一中，李元洛先生授语文，段缇萦师母授数学。春时好雨，润我少年。本世纪初以来创作南园词，人生何幸，复受惠于先生焉。元洛师出生于洛阳，为著名诗评家、散文家。代表作有《诗美学》《唐诗之旅》《宋词之旅》《元曲之旅》《清诗之旅》《绝句千秋》等。湘阴县城古称罗城。

　　洛水神之曲。少年人，追花夺蜜，如蜂游走。玉树临风风可许？但看李郎风度。那年月，天荒地瘦。剪取罗城青一缕，补霜天，茧厚贫儿手。愚子意，为师剖。　　先生八十回春柳。要留他，翠莺黄雀，常开绣口。咏宋吟唐情不已，生怕长河生锈。多少话，殷勤相嘱。检点南园词句子，绿枝头，点滴师恩露。杯再举，寿仙酒。

2016 年 2 月 26 日 补月楼

浣溪沙·一角苍茫

读中央美术学院画家曹境工笔花鸟画《生灵》系列。

剪取苍茫一角丹。铺成笔下水蓝蓝。乾坤游进玉渊潭。　花鸟栖枝春意思,草虫化石梦阑珊。这方风景要心看。

2016 年 3 月 25 日 补月楼

鹧鸪天·看花谣

北京四月,杨花柳絮飘飞。

莫道层冰久不消。人生脚步是逍遥。虽然冻土无颜色,抽出柔丝有柳条。　棉朵朵,兔毛毛。看花心思要妖娆。谁家素面娇羞女,捉入香囊暗暗瞧。

2016 年 4 月 16 日 东交民巷九号院

浣溪沙·卫岗小唱

写姜开宏、徐颖辉南京农业大学梅花山恋景一则。

总忆梅花山月圆。荷风轻送稻香甜。梅州娇女软如绵。　　我愿蚕娘红织锦,君能田父绿桑原。晴耕雨种富民川。

2016 年 4 月 29 日 补月楼

浣溪沙·老石新花

—— 题鹏城吴广诗集《闲言碎语》

打点潇湘白鹭家。吴郎仗剑走天涯。山风海浪一肩斜。　　墨绿鸳鸯蝴蝶梦,诗红金殿赤城霞。还耕老石发新花。

2016 年 5 月 1 日 补月楼

清平乐·梦里花仙

读史鹏先生《植桂》，喜"好趁良宵迎雨露，笑移金桂植窗前"句。史鹏，湖南长沙人，著名诗人、楹联家。

长沙史老，满面春风好。吹到京华青巧巧。把我霾容分了。　　近来常立窗前。描红梦里花仙。爱看先生种桂，清香滴露词笺。

2016年5月17日 东交民巷九号院

临江仙·乡梦温存

整理半空寒暑色，揉成乡梦温存。村庄噙在鸟声中。看他蓝调浅，吐出满川红。　　旋与蛮儿追彩蝶，双双滑入花丛。任由人笑老顽童。又骑牛背上，归唱夕阳风。

2016年5月22日 补月楼

沁园春·君乡书院赋

君乡书院，二〇一六年年八月二十五日在北京成立，隶属于文化部中国国际书画艺术研究会。

秋咏京华，书院新开，艺概君乡。向关雎声里，安排韵致；山阴道上，涵养清凉。茵梦湖螺，辋川村狗，玉暖蓝田压岁粮。轻咀嚼，有雪堂滋味，土地芬芳。　　几多人语潇湘。争个把，心花与客尝。看衡岳云深，松涛裂石；洞庭波壮，渔笛沧浪。周子莲吟，屈公橘颂，我种芙蓉万里香。寻常事，是唐音汉墨，植入柔肠。

2016 年 8 月 7 日 立秋日南园

沁园春·蝈蝈赋

丙申夏，囚草虫蝈蝈于补月楼。野音时起，野趣横生，为消暑驱慵之神器也。湖南湘阴"十二门"为余家乡。

补月楼头，振羽顽虫，响箭声嚆。向炎阳暑日，围追懒豹；疏星梦夜，射猎慵雕。鼓浪波长，昆仑石老，漫步苍原紫气豪。青红点，是野光醉目，野水流潇。　　由它说剑吹箫。我自把，轻歌羽扇摇。看十二门墙，邀来家狗；洞庭苇屋，引出渔枭。卧水塘牛，骑童竹马，背面村姑试绣袍。黄莺语，又杖藜人到，续说南朝。

2016 年 8 月 13 日 农历 7 月 11 日 补月楼

生查子·老夜鸣琴

相邀明月来，照影人还醉。独坐复鸣琴，夜老长相忆。　　巫山一段云，谁解其中味。收拾少年心，付与襄王意。

2016 年 8 月 16 日 补月楼

沁园春·光孝寺赋

岭南千年古刹广州光孝寺，为佛教传入中国的初始地之一，号称"滨海法窟"。

光孝寺檐，佛光初挂，禅月收窗。借祥云一朵，幻红花雨；菩提一叶，饮绿清凉。瘗发碑沉，达摩井古，老石长留岁月香。深呼吸，唤轻眠唐雀，细语萧梁。　　人间几度沧桑。我只把，他乡当故乡。要拓新世纪，宏开慧业；耕犁雪浪，普渡慈航。智药三藏，惠能六祖，衣钵相传与四方。真觉悟，是日升月落，取道寻常。

2016 年 10 月 24 日　补月楼

生查子·慈悲佛

——咏光孝寺菩提树。

光孝寺门开，喜见菩提树。暖日上高枝，红叶随风舞。　　云雀带歌飞，花雨和香覆。从此暑寒心，住个慈悲佛。

2016 年 10 月 24 日

鹧鸪天·孔子读《诗刊》

——《诗刊》六十周年志贺

子曰诗刊气格高。当年杨柳又新娇。抚须检点中华韵，翻笑东风自觉豪。　　生好梦，赶春潮。老夫尤爱绿丝绦。殷殷寄意诗人语，莫让河山染寂寥。

2016 年 10 月 27 日　补月楼

浣溪沙·汉水飞鸾（二首）

——题中央美术学院汉中女杨侠工笔花鸟画《朱鹮》。

之 一

一曲山歌梦里酣。且持朱笔画朱鹮。家园从此向心圆。　　也绿也红秦岭色，宜浓宜淡女儿颜。人间由我放飞鸾。

之 二

画里山窗一扇开。花光岚影共徘徊。留它细墨待人猜。　　翠岭吹欢萧史笛，苍松苔软凤凰台。朱鹮队队喜归来。

2016 年 12 月 4 日　补月楼

卖花声·马樱花开

又入玉门关,昨夜更阑。马樱花发马蹄边。隐约鞭声莺子调。欲断还连。　醒梦草虫言。缺月初圆。征人难了旧时间。长看那年新朵好,红到今天。

2016 年 12 月 5 日　补月楼

沁园春·晓竹斋赋

晓竹斋为画家张建明长沙书斋。沧水、瓦塘、衡龙桥,均为建明老家益阳乡村地名。

城市家园,吾爱长沙,晓竹斯斋。任肥红瘦绿,时流莫入;村风土韵,生意盈怀。沧水波长,瓦塘泥老,惯看芙蕖次弟开。诗书画,在衡龙桥畔,鱼燕编排。　丝丝琴趣为媒。便邀约,竹林人物来。记松光卧石,云轻鹨岭;舟横野岸,夜泊秦淮。养菊留心,呼鹰放目,荻叶枫花任剪裁。声声唱,把几丛淡墨,写进梅苔。

2016 年 12 月 20 日　补月楼

生查子·弦上黄莺语
——听长沙二胡演奏家黄勇二胡演奏

山花此处红,因问松陵路。百看百般娇,弦上黄莺语。　　夜深人不眠,映月泉清瘦。还怕捣衣声,梦断阳关曲。

2016 年 12 月 28 日　补月楼

鹧鸪天·铁笔文心
——致书家梁治国

梁治国出生在湖南益阳乡村,五岁学书,常用竹枝、树棍子在泥土地里写字。

谁写家园别样娇?牧牛童子竹枝摇。夜清"点"亮桑村月,歌放"横"吹紫玉箫。　　宗甲骨,拜风骚。唐魂汉魄管柔毫。山川大地虫鱼态,都是文心铁指描。

2016 年 12 月 29 日　补月楼

沁园春·燕都书院赋

燕都书院为北京房山琉璃河水泥厂子弟学校，二〇一七年建立。

丁酉春来，燕都古镇，书院新娇。喜画笔描红，梨腮杏嘴；诗花香发，蝶梦莺谣。老瑟传情，新歌放彩，世纪房山韵致高。人富贵，要这方风景，分外妖娆。　　琉璃河水滔滔。流不断，文明时代潮。忆商周铜事，鼎天鬲地；汉唐墨象，气足神豪。脚下山川，眼前云锦，涵养文心慰寂寥。情不已，续千秋血脉，百代风骚。

2017 年 1 月 27 日　补月楼

临江仙·读《十二门》

《十二门》（中国青年出版社 2018 年出版），为余长兄蔡凯平所著长篇家族纪实散文。湘阴十二门"蔡家大院"为清同治年间建筑，回环往复，住十几户人家。一九七〇年后陆续拆除。

土屋烟风熏鼻耳，穿堂十二门深。往来俱是热家人。迎他清影近，转背百年身。　　惆怅桃花颜色老，渔歌樵唱声声。苍山一抹远天云。如何陶令笔，还续武陵春？

2017 年 1 月 30 日

卖花声·夜雪

多谢冻云天。故事新编。长安夜雪正绵绵。休说春宵无气力，只让人闲。　　遥对一灯燃。不是梅颜。那山那水那条船。那日寒江飞白羽，野渡红棉。

2017 年 2 月 22 日　补月楼

水龙吟·厚地高天

——步刘征先生韵

卿云歌起东方，揉天抚地南风曲。星蓝紫月，莺呼闹蝶，幻红花雨。调韵霜雷，匀香草木，沁园春户。仰风骚百代，汨罗江水，常拍我，征夫足。　　又捧清波洗目。俯身看，故园泥土。曾经伤痛，瘦桃瘪谷，泪成珠玉。心思贴进，柴桑深处，呻吟苦杜。向苍茫，厚地高天老父，写长安赋。

2017 年 2 月 25 日　补月楼

菩萨蛮·江月玲珑

湘江岸碧家园好。江风四季描青草。细听草虫鸣。草芽湾里红。　　看他江上月。是个玲珑结。新月下江滩。娥眉山月圆。

2017 年 3 月 8 日　补月楼

清平乐·君山

洞庭儿女。又作长安旅。燕子来时歌与汝。报告芦花堪数。　　可怜最是君山。相思两地难闲。昨日峰青冀北,今天螺黛湖南。

2017 年 3 月 10 日　补月楼

水调歌头·绣春刀

又向王村去,来借绣春刀。蚕乡夜放萤火,常在眼中烧。闻道青埂峰下,十里桃溪红野,花树正妖娆。众鸟轻鸣凤,唯欠一声箫。　　驾长车,翻铁岭,若风飘。流云三朵两朵,且作赤球抛。多少山河故事,莫让时光失色,风景要人描。一脉清溪水,也起浙江潮。

2017 年 3 月 14 日　补月楼

望江南·词人

耕夫也。地冷察天烧。不与时娘争媚态,要他泥土化风骚。秋果是心劳。

2017 年 3 月 16 日 敬德书院 补月楼

沁园春·贾堌堆农家寨赋

贾堌堆农家寨,为山东省梁山县大路口乡,二〇一六年,沙窝李村、大张村搬迁新居后留下的两个古老村现为乡村旅游景区。这里是龙山文化、运河文化、黄河文化交相辉映的人文胜地。

世纪春风,吹开夯土,贾堌堆圆。要砖石安排,老村春梦;门窗描绘,祖辈秋颜。水绕桑渠,人行里巷,细听虫莺竹影言。真羡慕,这家家犬吠,户户炊烟。　　时光回溯千年。黄土地,故事是绵延。忆陶农煮火,汗蒸瓦罐;梁山淬石,义薄云天。花送香来,鹊传喜到,大运河流福字源。情不已,看这方风景,古韵新编。

2017 年 4 月 16 日 梁山贾堌堆

苏幕遮·岭南村画

二〇一七年四月二十五日宿惠州白鹭湖。惠州诗友罗胜前、杨子怡、叶穗娟等相聚,席间以余所出"天下诗人聚惠州"韵赋诗为记,分得"下"字。

石头房,山里搭。水俯蛙声,霖湿香瓜架。一卷岭南村子画。夜火窥窗,喜执萤灯耍。　　晓星沉,山月下。山路弯弯,软步青泥踏。闲语山花花笑傻:到了长安,怕说乡思话。

2017 年 4 月 27 日　惠州白鹭书院

沁园春·定窑赋

——兼怀陈文增先生

曲阳定窑为古代五大名窑之一。定窑起源于仰韶时期先民制陶业，宋为定瓷鼎盛时期，沉寂于元。一九七〇年代，陈文增先生和他的定瓷开发团队遵循周恩来总理的嘱托，用了二十多年时间，以春鹃啼血、化鹤引梅的精神，历尽千辛万苦，终使定瓷重放光彩。野北村、涧磁岭、燕川、北镇，均有定窑遗址。"孩儿枕为史上定瓷名品。"

东麓太行，相如故里，我唱窑歌。想仰韶陶罐，汗蒸民泪；宋时御碟，质比宫娥。野北村头，涧磁岭上，犹听孩儿枕上和。还向那，燕川北镇，久久消磨。　　时光不冷山河。八百载，窑火又生波。念周公吐哺，定瓷初醒；陈郎领队，啼血山坡。炼石补天，熔炉铸剑，器毁烟封奈我何？漫赢得，瓷林放彩，玉影婆娑。

2017 年 6 月 12 日　曲阳

散天花·乡梦

开到归乡梦里花。篱边红朵朵，竟奢华。老夫聊作小村丫。一枝随手摘，鬓边斜。　　且向陶公学种瓜。南山泥土好，待人夸。人生清景在桑麻。池塘春草响，两三蛙。

2017 年 7 月 11 日 补月楼

水调歌头·寿公歌

  本家叔父蔡公廉科先生民国十四年（1925年）　阴历十一月二十一日，出生于湖南湘阴县三塘颜家神，至今逾九十二岁高龄，仍神清气爽，尤能吟诗作对。先生六岁发蒙读书，由私塾而新学，及至大学毕业，为新旧交替之际少有之青年才俊。先生年轻有志，教书育人，爱国抗倭。中华人民共和国成立后，先生书生报国，积极投身国家工业建设，竭忠尽智，为国富民强做出贡献，至一九八三年光荣退职离休。先生恪守祖训，忠厚做人，勤俭持家，耕读为本，遵纪守法，廉洁自律，谦逊随和，得以女孝孙贤，福寿双全。先生不废文事，百年沧桑，几多感慨，化而为诗，有诗集《湖桥吟草》行世。先生光大蔡氏门楣，德高望重，陶然有贤者之风。特制南园词《水调歌头·寿公歌》。

  九十从容过，百岁不嫌多。太平村里闲客，诗句耐消磨。家住洞庭湖畔，浪拍妃裙鸥翅，古井也生波。常作沧桑忆，故事几皮箩。　　人年少、气豪壮，抗东倭。投身民族工业，情智化山河。回首平生足迹，为国为家为友，岁月未蹉跎。待到百年寿，再诵寿公歌。

2017 年 7 月 24 日　补月楼

凤凰台上忆吹箫·秋天

晓梦微红，鸡鸣不已，由她啄破秋皮。看秋天淡淡，云影低低。处处山山水水，情怯怯，秋色迷迷。家乡近，桃溪脉脉，木叶依依。　　归。归。问秋无语，总萍踪淼淼，辜负归期。要秋花许诺，旧约休提。莫说秋风南浦，人却在，茵梦湖西。趁今日，秋阳好好，晒晒乡衣。

2017 年 7 月 26 日 补月楼

春从天上来·水远山遥

补月楼高。又月落西窗，独享清宵。远天近在，眼角眉梢。疏星闪闪摇摇。怕天堂寂寥，人难耐，银烛高烧。细寻思，是老家村火，酿制春醪。　　香飘。暗红隐约，总醉眼朦胧，难识花娇。几处鹂歌，数声水调，分明不是渔箫。任风轻步小，悠悠也，行过廊桥。转头看，便苍茫无际，水远山遥。

2017 年 7 月 27 日 补月楼

沁园春·转河书院赋

转河书院为北京海淀区星火小学,二〇一七年建立,星火小学在北京小西天。"铜邦铁井""高梁桥"为转河古迹。"丹雍书会",转河书院设置的一种学习形式。"阳明",即王阳明。

大美京都,小西天里,书院初成。亿铜邦铁井,古音犹在;高梁桥畔,老木生青。沃土栽苗,师心养爱,不负山河大地情。君且看,那红红星火,点亮黎明。　　转河流水叮咚。声声诵,中华德育经。请名师进院,技传六艺;丹雍书会,雅韵成春。孔子精神,阳明学问,置入柔肠细细吟。绵绵意,要风骚百代,继往开新。

2017 年 10 月 4 日　丁酉中秋节　补月楼

虞美人·苍波调

余客居营田镇落卷坡两载,离别又二十余年矣。旧红不褪,旧梦难消,因制南园词"虞美人",遥祝屈原作家协会成立暨《屈原文学》创刊,屈原乡亲父老家园美丽、康乐年年。一九五八年,围垦洞庭湖,建屈原农场,现为屈原行政区。当地有禾鸡山,凤凰山。

当年手种相思树。又到花开日。湖风不老旧时光。叙说从前心事太能香。　　遥山近水苍波荡。野调禾鸡唱。夜阑新梦凤凰飞。但见彩云携月踏歌归。

2018 年 5 月 3 日 补月楼

沁园春·花溪书院赋

花溪书院为北京医科大学附属小学，二〇一八年建立。该小学以京剧、剪纸、书画等传统艺术为特色。

海淀城区，北医附小，书院新张。赏京腔脸谱，豪华夺面；金帆书画，细墨生香。巧手裁春，灵心绘锦，剪出人间百样妆。真福气，这非遗事业，沐浴童光。　　花溪别有芬芳。用心育，中华好栋梁。要诗经楚些，打磨健骨；唐魂汉魄，植入柔肠。湖海涛声，林畴虫语，都入文心细品尝。轻轻唱，喜卿云歌起，古韵东方。

2018 年 5 月 7 日 补月楼

虞美人·河口

二〇一八年四月二十九日到山东河口黄河入海口。

黄河入海何模样？河口翻波浪。天风时换旧时装。寸寸河滩寸寸草铺张。　　相逢何必相思地。都在乾坤里。抬头且逐浪头看。不见河黄但见海蓝蓝。

2018 年 5 月 11 日 补月楼

临江仙·河口垂钓

二〇一八年四月二十九日泛舟山东河口黄河入海口。

四月春闲舟子客，钓它河海风光。流云一甩线长长。河花嬉海浪，莺语戏鱼腔。　　我握乾坤巴掌上，与河与海商量。人生风景是苍茫。山心容易烫，可寄水中央？

2018 年 5 月 11 日 补月楼

沁园春·什刹海书院赋

北京什刹海书院二〇一四年筹建，首任院长为汤一介先生。

庚寅京华，后海之滨，书院开颜。仰汤公一介，担纲院长；法师怡学，规矩方圆。知识精英，贤能学子，赢得芳名众口传。声声慢，是春风夜雨，润物桑田。　　中华文脉绵延。精心育，河山草木篇。喜诸子百家，坐而论道；禅茶一味，养气归元。调入琴弦，香来画谱，片片丹心化杜鹃。儒释道，要和谐社会，福满人间。

2014 年 5 月 27 日　南园山石楼

沁园春·长铁一中赋

长铁一中为湖南长沙铁路第一中学。

古镇星城,向韶村里,长铁一中。看绿树撑凉,天蓝舍白;师生雅俊,气爽神清。善导乐思,信诚德厚,培养中华梓木林。绵绵意,是春风化雨,润物无声。　　杏坛自有真经。惟教育,最要是常心。以素质固基,成才适性;多元评价,海阔云深。自创品牌,自成特色,铸就三湘名校名。齐著力,喜重开甲子,灿烂前程。

2018年7月4日 南园山石楼

菩萨蛮·开封西湖湾（二题）

其 一

那回我到开封府。南园筑梦歌金缕。花映汴河红。舟摇西子风。　　时光容易老。莫叹秋来早。转眼又千年。西湖湾月眠。

其 二

谁家占却开封好。西湖湾软枫华绕①。桑径木门开。闻香茶客来。　　情深杯子浅。闲语花光染。收拾汴河心。相思藤上青。

【注】
① "枫华"为西湖湾新建住宅小区。

2018 年 10 月 7 日 南园山石楼

沁园春·湘阴面馆赋

世纪新开，湘阴面馆，美誉流传。看白玉团团，揉成紫线；高汤滚滚，煨出龙涎。窑碗生津，花窗演义，化入柔肠寸寸鲜。妈也喂，这黄河小麦，热了江南。　　生民以食为天。心心系，河山草木缘。更韶乐悠扬，声传百代；炎黄颗粒，香送千年。衡岳烟村，洞庭渔火，巧制民间美食篇。乡思里，启青山竹筷，引面牵言。

2018 年 12 月 26 日 南园读书楼

浣溪沙·月移花影
—— 题南园读书楼

自啄村边土粒尝。一方泥土半生粮。老来犹怕是心慌。　　春种绿阴留客扫，月移花影要诗忙。随萤闲捉夜来香。

2019 年 2 月 10 日 南园读书楼

南园词 评论

试论《南园词》对传统词学的承传与超越

杨景龙

内容提要：《南园词》是一部打破传统词学的种种限制，通过"破体"写作，尝试建设新体并创生新美的词集，受到当代旧体诗词界乃至当代文学界的普遍关注。本文拟从题材择取、语言运用与体式风格等三个方面入手，遵循中国文学史古今发展演变的基本思路，以千年词学史作为纵向参照系，探析《南园词》对古典词学的摹习承传与突破超越，借以窥觑《南园词》在当代词坛大获成功的奥秘，并进而引发当代旧体诗词创研者和文学评论界对相关问题的深入思考。

自五四新文学运动提出"文当废骈，诗当废律"以后[①]，百年之间，旧体诗词经受了白话新诗和社会思潮持续不断的巨大冲击。在兴废存续的生死考验面前，旧体诗词创作的一脉潜流，始终不绝如缕，这种早已与民族文化、审美心理融为一体的传统文学样式，在新的时代条件下，显示出极其坚韧顽强的生命力。20世纪80年代以来，随着社会生活渐趋正常，传统文化热持续升温，旧体诗词创作呈现出迅猛强劲的复苏之势，涌现出大量的作者和巨量的作品，构成了当代文学园地里让人无法忽略的体积庞大的客观存在。但是，受旧体诗词的语言体式、旧体诗词作者的文学史意识以及旧体诗词与新诗之间相互关系等问题的制约[②]，仿古式、自娱式和应景式的写作居多，真正能够使用新鲜的语词意象，提供新鲜的生活经验、情感经验和思想经验，避免与前人和他人的作品重复雷同，避免缺乏文学史意识的盲目的无意义写作，在继承传统的基础上超越传统、创生新美的旧体诗词作品，并不多见。缘此，蔡世平《南园词》的问世，在当代旧体诗词领域就具有特出的价值和意义。《南园词》选录作者2002年至2012年间的词作100首，这是一部打破传统词学的种种限制，通过"破体"写作，尝试建设新体并创生新美的词集，受到当代旧体诗词界乃至当代文学界的普遍关注。本文拟从题材择取、语言运用与体式风格等三个方面入手，遵循中国文学史古今发展演变的基本思路，以千年词学史作为纵向参照系，探析《南园词》对古典词学的摹习承传与突破超越，借以窥觇《南园词》在当代词坛大获成功的奥秘，并进而引发当代旧体诗词创研者和文学评论界对相关问题的深入思考。

一、题材择取

从题材择取的角度审视《南园词》，这百来首词作大致可以分为田园词、田家词、乡愁词、言情词、赠答词、题咏词、边塞词、时事词、哲理词等几个类别，而又互有交叉。其中一些作品处理的题材，为传统词学所惯见；另有不少作品的题材内容，则明显溢出了传统词学题材择取的范围。对于传统词学背景下的言情词、赠答词等，笔者不拟多谈；这里着重关注《南园词》中明显溢出传统词学取材范围的几类词作。

先看田园词和田家词。田园词是田园诗向词中的渗透，这种渗透从五代孙光宪的《风流子》"茅舍槿篱溪曲"就开始了，宋人苏轼、朱敦儒、向子諲、辛弃疾等都有农村田园词写作。田园词与田园诗一样，大多描写农村自然风景和乡村生活，抒发作者归隐避世、任情自适的情怀。蔡世平先生的田园词，摄取的是南国水乡洞庭汨罗潇湘的美好风景和人情，这与古代田园诗词的取材路径是一致的，但出自当代词人手笔的田园词，并无不合时宜的归隐避世之意，这是与同类古典诗词的相异处。不过，这并不说明作者深度心理中没有隐逸的意向，只是这种隐逸的意向，在直接描写田园的词作中没有流露，而是转移到田园词的特殊类别——描写"南园"的词作之中。因此，更值得我们关注的是作者的"南园"诸作。《汉宫春·南园》云：

搭个山棚，引顽藤束束，跃跃攀爬。移栽野果，而今又蹿新芽。锄他几遍，就知道，地结金瓜。乡里汉，城中久住，亲昵还是泥巴。　　难得南园泥土，静喧嚣日月，日月生花。花花草草，枝枝叶叶婀娜。还将好景，画图新，又饰窗纱。犹听得，风生水上，争春要数虫蛙。

此词列《南园词》第一首，开宗明义，有为词集"破题"之功能。南园应是词人在闹市一角垦辟构筑的一方庭园。词人对南园的打理，用西哲的话说，是"人在大地上诗意地筑居和栖居"[3]；用传统的眼光看，则带有明显的"中隐"性质[4]；质言之，南园其实就是作者"隐于市"的精神家园。《沁园春·南园晨话》起句"晓色才开，收拾月痕，整理南园"，约略等同于陶渊明的"晨兴理荒秽"⑤。作者的"心情"和"思绪",全都倾注在南园的"黄泥绿草间",这里不仅有作者手种的"青蔬"可以"疗饥",更重要的是,作者可以在南园的花枝鸟语中滋润文心,汲取灵感,酝酿词篇。"再与词娘,十分交道,讨论民间百味篇",说明作者虽"隐"而未遗落世务,未忘人间烟火,这也正是"中隐"的要义所在。"中隐"与传统隐逸的区别就是不弃官守,不入山林,不与社会决裂。作者担当的公共角色,使他在行为上只能偶尔逸出城市和官场,偷得浮生半日闲,如《浣溪沙·饕山饕水》所写:"剥却层层时世装。围城今日放乡郎。饕山饕水喂饥肠。"《生查子·湖边》所写与之相近。但在精神心灵里,词人与浮世名利是疏离的,与现代城市生活是隔膜的,而与故乡泥土更为亲近,"乡里汉。城中久住,亲昵还是泥巴"《汉宫春·南园》,"回到黄泥地里,扯把湿皮青草,软舌舔春涎。一亩三分地,种好四时鲜"《水调歌头·春思》,上引词句表达的都是这层意思。由"饕山饕水喂饥肠"的措语,亦可读出拘禁于日常俗务中的词人,其情感和精神的饥渴程度。在此意义上,城里的"南园"就是家乡"南塘"的置换和替代。作者生命的"根须",是扎在家乡南塘的泥土里的《浪淘沙·熟土难离》。一官在身,南塘不能常回,那就在城市里打理出一方庭园,朝夕相对,引藤栽果,锄菜种瓜,聊作慰藉。作者"南园"诸作咏写的内容,在某种程度上可视为古代士大夫文人"中隐"生存方式的"现代版"。

《南园词》中的部分作品,继承了古典诗歌中"田家诗"关心民间疾苦的传统,如《定风波·千载乡悲》《临江仙·泪落黄昏》《蝶恋花·路遇》《鹧鸪天·荒村野屋》《最高楼·悲嫁女》《朝中措·地娘吐气》《贺新郎·寻父辞》《鹧鸪天·春种》《蝶恋花·留守莲娘》等所写，这类取材也为传统词作不常有。看一首《定风波·千载乡悲》：

又听渔婆斗嘴声。村官催费到西邻。千载乡悲羞感慨。无奈。总随屈子作愁吟。　　蓝亩碧田生白发。还怕。呼儿买药病娘亲。土屋柴炊锅煮泪。真味。民间烟火最熏心。

词前序云："汨罗江畔营田镇落卷坡，传说为屈原作《离骚》之地，因风吹竹简散落坡中而得名。1995年至1997年，我于湖南岳阳屈原行政区挂职，居落卷坡。民间烟火，几多感慨。"词写国家免除农村各种税费前，困难农民家庭生计的窘迫艰难。作者凭良知创作，直切入现实，不回避矛盾，继承了屈原"哀民生之多艰"的忧民精神。《临江仙·泪落黄昏》触及了更为尖锐的矛盾："扯片村阳肩上搭，还抠热土温心。难收老泪子孙耕。春从何处绿？没了土心情。　　嫩叶青枝都削去，偏偏又到黄昏。秧鸡毛兔可安身？月光如有意，莫冷故园松。"词序云："城市向周边拓展，有失地老农泪落黄昏。"词中触及的是现代化、城镇化建设过程中出现的新的矛盾，新的问题。农民世世代代赖以生存、生生死死不离不弃的土地，正被工业和城市鲸吞。无力改变生存方式的"老农"，内心充满焦虑和痛苦。"子孙"也许早已跑到城市里打工去了，但他还在黄昏暮色中，面对圈占废弃、没有草禾绿色的土地，忧心着"子孙"将来无田可耕，衣食无着。不仅于此，"老农"的忧虑更多，失去了土地家园，那些田野上与人共处的"秧鸡毛兔"们，怎样安身蕃息？词中上下片的两问，就是一个失地老农的"天问"。词作描写老农形象如"扯片村阳肩上搭"，揣摩老农忧虑子孙无地可耕、野物无处安身的心情，乡土本色，体贴悲悯。乡村田园的消失、生态平衡的破坏、土地的不可再生，的确是后发地区普遍的现代化之痛。这是一个关乎现在和未来的大问题。作者生长农村，又在基层工作多年，对此问题当有不少思虑，故而能够写出这首对弱势生存的失地老农充满深厚同情的词作。《鹧鸪天·荒村野屋》切入环境污染问题，垃圾填埋场破坏了自然环境与美丽家园，词中所写"黄泥十里会生疮"，乃触目惊心之句。《蝶恋花·路遇》不仅触及农民的生存困境，而且是对"人性的深度表达"⑥：

一地清霜连晓雾。村汉无言，木木寒风伫。曾是娇妻曾是母。而今去做他人妇。　　世道仍需心养护。岂料豺狼，叼向茅丛处。谁说病儿无一物。还留血泪和烟煮。

词写作者冬季下乡，路遇一村汉茫然呆立寒风中，其妻畏贫，抛下两个患白血病的儿子，弃家而去。"曾是娇妻曾是母。而今去做他人妇"，家庭现此巨大变故，缘于人性和亲情的霉变。当人面对最低的生存限度，人性和亲情有时也真难敌本能与诱惑，因而出现严重的变异，也就成为势所不免。词笔直揭的这种变异的人性，也是一种深度"人性"，乃词史所不曾有过的表现。结句"谁说病儿无一物。还留血泪和烟煮"，沉痛呜咽，不了了之，令人不忍卒读。这种笔法是从汉乐府《妇病行》《孤儿行》学来，为历代词家所不能办。而《蝶恋花·留守莲娘》则是一首现代"闺怨"词：

秋到荷塘秋色染。秋水微红，秋叶层层浅。人在天涯何处见？秋风暗送秋波转。　　春种相思红片片。秋果盈盈，秋落家家院。独对秋荷眉不展。秋容淡淡秋娘面。

词句所写也是当代农村普遍存在的问题。诚如词序所言："有'留守儿童'，也有'留守女人''留守老人'。1980年代以来，亿万农民进城务工。夫妻异地分居，乃今日乡村普遍现象。"此词前后两结切题，为留守莲娘"代言"，摹态传情，颇有韵致。题中的"莲娘"与词中的"秋娘"，唤起读者对古典诗词的相关联想，为当代农村妇女形象平添几分古典美，"莲娘"若转换为现代语"种莲藕的妇女"，则韵味全变，即此可悟古代汉语与现代汉语、旧体诗词与白话新诗的措语用词之分际。当代乡村留守妇女问题，驳杂夹缠，光景模糊，新诗和小说影视均有表现，与之相较，此词可能显得过于典雅和唯美些。《浣溪沙·空耕菰米》写一孕妇系绳悬空，为摩天高楼洗墙；《定风波·城市童谣》写儿子进城娶妻生子，乡下爷爷进城看护孙女；《秋波媚·小芳》写农村姑娘京城谋生，作者的善意叮嘱和隐忧；这几首词均写词史上不曾触及的当代底层生活经验，可视为"田家词"的当代"变体"。

《南园词》中的乡愁词、边塞词也值得我们注意。《庆清朝·又梦湘妃》《卖花声·乡梦》《桂殿秋·中原秋月》《燕归梁·乡思》《生查子·月满兵楼》《卜算子·静夜思》《临江仙·荷塘》等，皆是自《诗经·陈风·月出》肇基的"望月怀思"的原型心理模式的展开，而直承《古诗十九首·明月何皎皎》的望月思乡之意，其间又有闻声思乡、梦忆还乡、秋风起乡愁等模式的交互为用⑦。《贺新郎·从军别》有句："怕别柴门难回首。不忍看，揩泪娘亲袖。放慢了，男儿步。"《一剪梅·游子吟》有句："故园消息着秋霜。风也清凉。雨也清凉。此时最忆是爹娘。才说衣裳。又说衣裳。"《临江仙·牙痛》有句："咽雨餐风人五十，而今齿动须坚。如何好梦慰娘眠。霜天欺落叶，难嚼五更寒。"《摸鱼儿·飞燕山》写故乡南塘的后山，山里长眠着作者的祖父祖母和父亲母亲。词中有句："时艰苦。乐母嗔成笑父。依稀识得尊祖。村中故事年年老，续入半坡深腹。成厚土"，"新桑旧竹，总系我乡思，流光影里，挂在近阳树。"南塘是词人的生命源头，是爹娘生养处，少年嬉戏处，亲人埋骨处。那里有词人粘连骨肉、牵扯肝肠的记忆。从词史上看，词作处理的情感，多属非伦理性质，上引词句中的血缘亲情、伦理精神，为词史上罕见，是对中国古典诗学"乡愁主题"的赓续。在这些乡愁词中，最值得注意的是《庆清朝·又梦湘妃》和《踏莎行·春帖》二首，皆写于告别南园、北上京华之后。京华"补月楼"的夜梦不似"南园"清梦宁贴，南园之夜虽也有过"近来水面起风波"的些微骚动不安（《鹧鸪天·观荷》），但决无"燕山狼影，身前身后流连"之惊悚恐怖，《庆清朝·又梦湘妃》所写，是"客居长安"的作者的"安全需要"

得不到满足的反映⑧,是"客子常畏人"的潜意识心理投射⑨。《踏莎行·春帖》前有小序:"这是一帧未曾寄出去的春帖,收帖者是我长眠于故乡飞燕山黄土地里的母亲。远游有泪,还向娘流。"词云:

> 游子有情,老天无血。娘亲莫待迎春帖。东风未肯嫁梅花,长安不落燕山雪。　煮米浆星,裁棉纺月。征衣万里寒纱热。年年岁岁墓头青,男儿自是春颜色。

"长安"的生存感觉,真可谓"高处不胜寒"!游子难言的隐痛,最终只能向娘亲倾诉,正是"人穷则反本","疾痛惨怛,未尝不呼父母也"⑩。在浓挚的血缘亲情里,作者汲取了最深厚的情感和精神力量。可知"男儿"脸上恒在的一抹暖人春色,来自母爱的春晖恩光的温煦照耀。

二、语言运用

《南园词》在语言运用上,以传统婉约词本色语为主,但能打破语言畦径,将古语与今语、书面语与口头语、雅语与俗语融为一体,表现出一种现代人的开放的语言姿态。

关于词的语言,早期民间词本较通俗,文人染指后,"镂玉雕琼,裁花剪叶"⑪,语言趋于精美雅致。沈义父即指出填词"下字欲其雅,不雅则近乎缠令之体"⑫。《南园词》的语言,有偏雅之作,像《生查子·月满兵楼》《蝶恋花·落花吟》《桂殿秋·中原秋月》《生查子·花月春江》《临江仙·南塘梦影》《浣溪沙·明月清泉》等，使用的基本上是书面雅言。《鹧鸪天·谁洗长河》前结"芭蕉叶老黄昏影，夜鸟毛轻太古风"，高古之气，不仅度越词体，而且上轶律诗，直追七言古体风味。但《南园词》中更多的作品，语言上采取开放态度。李渔《窥词管见》说："诗有诗之腔调，曲有曲之腔调；诗之腔调宜古雅，曲之腔调宜近俗，词之腔调则在雅俗相和之间。"⑬区分了诗词曲语言运用之不同，词的语言比诗要浅俗一些，比曲又要文雅一些，所谓"上不似诗，下不类曲"是也。《南园词》的语言，总体上即带有李渔所说的"雅俗相和"的特点。如《霜叶飞·剑断沙场》前结："便羽翼生身，九万里，扶摇直上，好个鹏鸟。"用《庄子·逍遥游》语典，前三句雅言，"好个鹏鸟"则是口语，雅言一般指说"鹏""大鹏""鲲鹏"，自有一种宏大庄严的力量感与神秘感，但后缀一个"鸟"字，略露调侃，便将前文的语感解构了，先秦子书寓言，缘此变成只如"寻常说话，略带讪语"的浅近口语⑭。再如《蝶恋花·昆仑兵歌》上片：

铁色昆仑谁啸傲？血铸黄昏，石垒行军灶。煮个天狼餐饿饱。崖峰队伍鹰呼早。

　　前三句和末句是雅言，悲壮雄烈。"煮个天狼餐饿饱"一句浅近口语，不可多得，是惊人的神来之句，与《清平乐·月色堆沙》中的"抱个中秋乡里送"可有一比，而更富奇趣。天狼，指天狼星。语源为《楚辞·九歌·东君》："举长矢兮射天狼。"《晋书·天文志》云："狼一星在东井南，为野将，主侵掠。"古代诗词常把"天狼"作为侵略者之代指，如苏轼《江城子·密州出猎》："会挽雕弓如满月，西北望，射天狼。"即以之比喻屡犯北宋边境的西夏等国。但受语源制约，苏词的表述仍然是"射"落天狼星。这里则改射为"煮"，属有意误用，不仅显示出作者的语言机智，且赋予词句一种特别的豪迈之气，当代军人蔑视强敌的英雄主义精神，于轻松随意的字面间拂拂而出。"餐饿饱"上承"煮天狼"，又化用了岳飞《满江红》词句"壮志饥餐胡虏肉"。这一高度口语化的词句，熔铸了屈原、苏轼、岳飞等人作品的句意，于此可见作者在语言层面继承传统而又超越传统的过人功力。类似的例子还有《生查子·江上耍云人》上片：

江上是谁人，捉着闲云耍。一会捏花猪，一会成白马。

面对江天变幻的云影，作者想象那是有人捉住云朵玩耍，他一会儿把云朵捏成花猪，一会儿又把它变成白马。想象展开之中，包含的是朴素鲜活的乡村生活经验。古代诗人词家如杜甫《可叹》有句："天上浮云似白衣，斯须改变如苍狗。"蒋捷《贺新郎》有句："叹浮云，本是无心，也成苍狗。"均以雅言摹写云朵变幻，喻指世事无常。作者在此则以俗语写闲趣，喻体的改变，突破了前人的思维习惯和语言使用之定势。

《南园词》多用巧字，语言刻炼尖新，但又能做到"极炼如不炼，出色而本色"[15]，看上去只如寻常口语，乡风土韵，拂面而来，给人以生动亲切之感。这一类例子极多：如"钓弯童趣喂乡思"中的"弯"字与"喂"字,"撕它风片殷勤扇,纺个雨丝润细微"中的"撕"字与"纺"字,"近来识得西窗月,也觉纤纤也觉肥"中的"肥"字,"月影枕花眠"中的"枕"字,"夜深常见西窗月,又碰蛙声又碰荷"中的"碰"字,"柳上黄昏小,莫怪雀声衔"中的"小"字与"衔"字,"墙角鸣虫声又起,声声咬破春消息"中的"咬"字,"风动早莺须"中的"须"字,"怕碰莲花,是怕莲花痛"中的"痛"字,"柳上黄昏莺啄去"中的"啄"字,"老村头,小河流"中的"老"字和"小"字,"草肥眠鸟梦,水阔晒渔歌"中的"眠"字和"晒"字,"闲撕湖上月"中的"撕"字,"卧痛杨阴浑不觉"中的"卧痛"二字,"是谁拔得山毛"中的"山毛"二字,"霜花开到,野兔唇须,山雀眉毛"中的"唇须"二字和"眉毛"二字,"一树清歌圆粒粒"中的"圆粒粒"三字,"无奈繁枝春压痛"中的"春压痛"三字等,都是非常典型的例子。再看《江城子·兰苑纪事》:

竹阴浓了竹枝蝉。犬声单。鸟声弯。笑说乡婆,山色拌湖鲜。先煮村烟三二缕,来宴我,客饥餐。　种红栽绿自悠然。也身蛮。也心顽。逮个童真,依样做姑仙。还与闲云嬉戏那,鱼背上,雀毛边。

词作的每一句乍看都是村言俚语,细察则会发现,几乎每一句里都有十分刻炼的字眼,如"浓"字,"单"字,"弯"字,"拌"字,"煮"字,"种"字,"栽"字,"蛮"字,"顽"字,"逮"字,"鱼背"二字,"雀毛"二字等。这些字看上去似乎都是最寻常的口语字面，但这里的每一个字，显然又都是经过作者精心挑选、仔细推敲、反复锤炼过的，绝非率意走笔所能到。古代词人用尖新字面，一首词中偶见一二字，时或有之。但像这首词通篇口语又句句炼字，处处雕琢又不伤整体上的自然淳朴，不要说在词中，即使放在曲中，亦难觅得先例。《青玉案·桃桃曲》、《贺新郎·酒徒》等作亦用曲语，看一首《青玉案·桃桃曲》：

> 桃花谢却桃桃小。满眼是，晴风闹。两两桃林桃笑笑。"摘桃可好？""吃桃还早。"羡煞枝头鸟。　　桃庄去后桃心恼。做一枕，南窗觉。梦里桃林桃熟了。见桃不到，醉桃更杳。又瘦相思调。

由"两两"可知，词写男女偕游桃林，问答之间，借眼前"摘桃""吃桃"，试探对方情感态度，巧妙多趣，"羡煞枝头鸟"一句衬笔点染，更烘托出桃林偕游、彼此相得的欢快。词中措语如"桃桃""桃笑笑""摘桃""吃桃""桃心恼""桃熟了"等，都是曲中俗语，上片里的人物对话，也为曲中惯见写法。

《南园词》还表现出作者高度的语言机智。如《朝中措·地娘吐气》："且将汗水湿泥巴。岁月便开花。"《水调歌头·土器》："钢锹短镐随我，剥石造兵窝。退役潇湘故里，犹喜田园风色，翻地种青萝。纵是男儿骨，常要铁来磨。"皆于虚实转接之间，翻出新的境界和意味。《贺新郎·读

〈花间集〉》：“花不语。花的消息。”泼俏而不失蕴蓄，加大了语言的弹性与张力。《临江仙·荷塘》："天上星高几个，水中几个星低。"下句几乎就是上句的重复，近于"饶舌"，但换"天"为"水"，换"高"为"低"，写天上的疏星与水中的星影，不仅写出了夜色的光影朦胧，恍惚不定，更平添了语言的诙谐情趣。《蝶恋花·画莲女》前结："这个夏天天不懂，人间几许莲丝症。"用顶针辞格句中转接，达成词意的跨越，上天都不懂得这个夏天的人间烦恼，足见"莲丝症"候的格外纠结与异常幽眇。《浣溪沙·长白山浪漫》更有代表性：

挽得云绸捆细腰。男儿也作美人娇。且随松鼠过溪桥。　　须发渐成芝子绿，衫衣已化凤凰毛。山猴争说遇山妖。

前五句描写刻画，皆就人的视角来说，男儿作态，云绸捆腰，须发渐绿，衣衫生毛，已觉几分变形诡异。末句忽然跳开，转换视角，从山猴眼里看游山者的放浪形骸、狼狈落魄之情状，"争说"二字，写来煞有介事，令全篇文字皆活。作者屡屡显示出的这种语言机智，让人想起词史上宋末四大家之一的蒋捷，《竹山词》中往往有出人意表之笔，如《玉楼春·桃花湾马迹》结句："茫茫秦事是也非，万一问花花解语。"秦人避世入桃源，秦皇巡幸入桃林，桃花都是见证，倘若桃花万一真的解语，就能道出人世难详的真相来。面对无人能够回答的终极迷茫，一结假设，想入非非，显得机智而多趣。这种语言风调，实近于曲家谐趣的写作路数。

三、体式风格

《南园词》在体式风格方面更具开放性。有婉约香艳、当行本色、别是一家之作，如《蝶恋花·情赌》：

删去相思才一句。湘水东头，便觉呜咽语。又是冰霜又是雾。如何青草生南浦。　　抛个闲情成赌注。岂料魂儿，迷失茫茫处。应有天心连地腑。河山隔断鱼莺哭。

透骨情语，缠绵悱恻。彼此假定相忘一日，顿觉风云突变，天地异色，真是"人生自是有情痴"啊！这类地道的婉约情词，还有《满庭芳·旧忆》、《行香子·春寒》、《小重山·春愁》、《贺新郎·梅魂兰魄》、《卜算子·静夜思》、《蝶恋花·落花吟》、《临江仙·咏月》、《生查子·鸟叫花枝》、《蝶恋花·说梦天涯》、《贺新郎·读花间集》等，均是以词为词，取法乎上，摹习唐五代《花间》词风和北宋词风。"唐五代北宋之词，可谓生香真色"[16]，《南园词》中的言情之作当得起"生香真色"之评，像"窗外一枝横，犹绿昨宵梦"，"情多愁易得，恼肝肠"，"无语立斜阳"等，用的都是《花间》体式句法。还有一些作品，整体不是言情，但情语点缀，略见艳色，如咏史之作《贺新郎·说剑》有句"细数铜斑斑几点，应是美人红泪"、《万年欢·踏月瑶娘》有句"风也多情，吐出一川香雾"、《贺新郎·题龙窖山古瑶胞家园》有句"尚依稀，门动瑶娘笑"等，这就如同词史上的豪放名篇中，也仍然蜕不掉婉约香艳的一痕胎记，时见佳人红袖的倩影飘忽其间。苏轼的《念奴娇·赤壁怀古》，在"遥想公瑾当年"时，不禁顺带想一下"小乔初嫁了"；贺铸的《小梅花》，挥动如椽大笔驱风走雷，张扬人物睥睨一世的傲岸气度，忽然插入"笑嫣然，舞翩然，当垆秦女十五语如弦"几句艳辞丽语；辛弃疾的《水龙吟·登建康赏心亭》，壮志难酬的英雄豪杰，却偏要"倩何人，唤取红巾翠袖"，来揩拭伤心泪水；凡此，都是受词体尚柔尚艳的本质规定性制约的表现。宋沈义父说："作词与作诗不同，纵是花卉之类，亦须略用情意，或要入闺房之意"[17]，强调的就是词体的这种特殊质性。《南园词》中写汶川大地震这等重大时事的《满庭芳·山娘遗梦》，亦从女性角度切入，用的仍是婉约词"别是一家"的笔法。

　　本色当行之外，《南园词》注重向诗歌学习，多有以诗为词、恣肆豪放、自是一家之作，如集中的几首咏史怀古词，两首题咏百虎图长卷的《贺新郎·虎影词心》，两首题咏谭嗣同故居莽苍苍斋的《夜飞鹊》等，写重大时事的《贺新郎·非典》《水调歌头·冰雪江南》，还有表达深度生命哲学的写心之作，如《清平乐·烟波江上》《临江仙·秋行》《忆旧游·暗影横斜》等，也可归入此类。清沈祥龙说："作词须择题，题有不宜于词者，如陈腐也，庄重也，事繁而词不能叙也，意奥而词不能达也。几见论学问，述功德，而可施之词乎？几见如少陵之赋《北征》，昌黎之咏《石鼓》，而可以词行之乎？"[18] 陈廷焯也认为："有诗人所辟之境，词人尚未见者。一则如渊明之诗，求之于词，未见有造此境者。一则如杜陵之诗，求之于词，亦未见有造此境者"[19]。指出的都是词在立意选材、题旨拓展、境界风格方面的独特性。由于文学传统继承、文体分工的不同，以及社会风尚、时代心理的变化等诸种因素综合作用的结果,形成了"词为艳科"的特点,词"能言诗之所不能言,而不能尽言诗之所能言"[20],题材的广泛性上不及唐诗,下逊于元曲,题旨显得相对狭小[21]。《南园词》作者显然突破了传统词学观念在这方面的限制,上述作品处理的题材,传统词人较少涉笔,这是对词的题材领域的拓宽掘深;随之而来的就是美感风格的变化,这些词作或典雅厚重,或雄浑豪放,或慷慨淋漓,或高邈幽邃,垦辟出词中未写之境。在此需要强调的是,对雄浑壮阔的阳刚之美的追求,当是作者有意为之,《贺新郎·说剑》序云:"家悬青铜剑,乃春秋战国时代兵器……历两千余年,仍完好如初,剑锋犹利,青光逼人。赋此,以壮词心。"词作后结云:"不向愁肠吟病句,铸新篇,还得青铜味。拈剑影,词心里。"《贺新郎·虎影词心》序云:"百虎图长卷宏篇巨构,满眼云烟,蔚为奇观;烂漫山光,红腾紫跃,夺人心魄。特题贺新郎二阕,以壮其声威,也补我词心。"词中有句云:"纵是男儿筋骨好,也应常除锈迹。才不负,河山心意。多谢樊郎真肺腑,吐岩浆,磨老沧桑笔。舒一卷,风云气。"传统婉约词儿女情长,风云气短,柔媚有余,刚硬不足,作者正是意识到了"别是一家"的本色词之严重欠缺,才有意追求"自是一家"的豪放词之风云舒卷的磅礴大气,这说明作者审美趣味的宽泛性,不为传统词学以婉约为正体、以豪放为变体的"崇正抑变"观念所囿[22];也说明作者词才的超卓,兼擅婉约豪放,有着多副填词的笔墨手腕。所以,《南园词》中不乏亦豪亦秀之作,如《贺新郎·从军别》《贺新郎·说剑》《蝶恋花·昆仑兵歌》等,均把婉约与豪放两种不同的美感风格,有机地融合到同一首词作之中。

《南园词》作者以曲为词的情形更为普遍，如前举《青玉案·桃桃曲》、《江城子·兰苑记事》以及《贺新郎·酒徒》等，都是曲趣洋溢之作。《南园词》类似散曲的谐趣、浅俗、尖新的语体风格，在上一部分已进行了较为充分的讨论，此处不赘。这里再看《南园词》中的志怪、传奇体，这类作品有《一剪梅·洞庭大水》《浣溪沙·长白山浪漫》《浣溪沙·题金狐图》《一寸金·青山石斧》《万年欢·踏月瑶娘》《水调歌头·山鬼》《临江仙·童猎》《一剪梅·江南一叶》等。《万年欢·踏月瑶娘》写作者与友人夜游鄂南湘北之古瑶胞家园龙窖山遗址：

月下烟轻，是山魂水魄，翩然自舞？风也多情，吐出一川香雾。隐约姑音小小，才听得，又成断句。当应是，三五瑶娘，踏月旧家庭户。

词序云："是夜，月华如泼，清晖耀地，能看书识报，大奇！遂即兴夜游。风送幽香，神清气爽，恍若飘仙。转过一道山弯，只见轻烟袅娜，妖冶、凄艳。又有异响，其声细细，更觉凄迷。疑遇瑶娘。"这是历史想象、现实奇遇与创作虚构三者交融的产物，词序叙事交代与词作描写形容的，大似志怪、传奇故事之境界，甚至让人想起《聊斋》里的花妖狐魅。《一寸金·青山石斧》序中记述作者游洞庭湖青山岛新石器时代遗址，"得石斧一枚，锋刃犹存，尚能切瓜剁菜"，作者于是"岛国神游，与先人一会"：

> 石斧寒芒，切断涛波万重雾。见洞庭岛国，参差猎影；青山门洞，淡淡烟句。怯怯娘家路。芦花荡，搏鱼渔父；篱蓬里，樵母炊瓜，紫叶青藤细腰束。　　黑背蛮哥，桠头捉果，枝下咿呀女。听楚音犹熟。一时情起，喊声姐姐，亲亲先祖。泪眼莹莹蓄。呼呼也，天风旧曲。悠悠也，水魄山魂，一梦成今古。

词作凭借想象，对新石器时代先民的形象和生活加以生动逼真的还原，这也是一个敏感多思的当代词人，对古老的民族源头的追寻企慕和深情眺望，词句透漏出作者潜意识中的原始记忆和原型心理。此词处理的内容和形成的美感，词史应无先例。《临江仙·童猎》写山村童年记忆："夜半童心眠老梦，野云几处稀疏。醒来又见影模糊。对门山上月，月下绿毛猪。"《一剪梅·洞庭大水》写洞庭湖百年不遇洪水："六月大湖起怒涛。淹了莺巢。没了芦梢。老鱼游上百年桥。蛇影高高。鼠影毛毛。"上引作品展示的内容，展现的境界，皆开词史所未有。这些志怪、传奇体词作，是《南园词》中、也是词史上最为陌生化的作品，间离效应强烈，无论是生活经验还是美感风格，都是全新的，皆足耸人视听。

楚文学、楚文化的影响，也给《南园词》烙下了明显的痕迹。在某种程度上，说《南园词》"书楚语，作楚声，纪楚地，名楚物"[23]，亦不为过。语言层面，如"些些""兮""娘"等古今楚人语词，屡屡出现，不再一一例举。体式层面，《水调歌头·山鬼》櫽栝《楚辞·九歌·山鬼》，属于跨文体改写，把《九歌·山鬼》孤寂凄艳迷离的抒情调性，变为民间故事传说的欢快活泼。心理层面,楚人好淫祀,楚民族人神不分、万物有灵的原始心理图式,正是《南园词》中志怪、传奇之作的深层心理发生机制。《浣溪沙·初见》一首值得关注,序云:"弄妆者以熊、狐自喻。"上片云:"对镜几回弄晓妆。青蛾淡淡舔晴光。熊头狐尾暗收藏。"词中"弄妆者"果楚之苗裔耶?自喻为"熊",恰与楚之先祖姓氏"有熊氏"吻合,"狐"则让人恍然记起"涂山氏女"的神话传说,可知此"弄妆者"真乃"楚女"也!这应是词中人物"原始记忆"的下意识流露,作者写下这首新奇的情词时,是否意识到熊狐喻指的深层意蕴,则不得而知。表现层面,美人香草的比兴寄托手法,在《南园词》中被娴熟使用,如《小重山·春愁》《贺新郎·梅魂兰魄》《鹧鸪天·观荷》《水调歌头·春思》《临江仙·割竹》《庆清朝·又梦湘妃》等,都是托兴之作,除个别篇子寄托较为明显,其余作品寄托皆妙在疑似有无之间。《南园词》中的边塞、思乡之作的乡愁国爱情感,写实之作的同情悲悯情怀,亦皆得屈赋精神之真髓,而又濡染了明显的时代色彩。

结 语

综上可知,《南园词》的创作过程,就是在继承词学传统基础上"破体"写作的过程,这是"晚生"的作者,由"影响焦虑"心理引发的一种从心所欲地全面"逾矩"的创新实验。《南园词》中的《小重山·春愁》有句云:"近来词客好心焦。长短句,句句不妖娆。"其实就是布鲁姆所说的强烈的"影响焦虑"心理的流露[24]。于是,《南园词》的作者起而打破传统词学在题材内容、语词意象、体式风格方面的种种先在限制,既以词为词,又以诗为词,以曲为词,以骚赋为词,以志怪传奇为词,跨越各种文体间的畛域,拆除各种文体间的藩篱,践行"当代词是放出来的"创作理念[25],并缘此产生出令人耳目一新的美感效果。"早生"的作者,当一种文体方兴,主要致力于"成体";但"晚生"的我辈,当"文体通行既久,染指遂多,自成习套"之时[26],要想度越前修,自出新意,唯一的生路恐怕就是"破体"写作了。"破体"写作的过程,就是建设新体、创生新美的实践过程。不断地让词体与各种文体建立"互文性"关系[27],不断地让词体与各种文体兼容互渗,不断地通过破体写作建设新体、创生新美,是《南园词》在当代词坛大获成功的奥秘所在。

  研讨诗词史的古今发展演变,意欲何为?一是借此真正理清诗词史发展演变的完整过程,来龙去脉,知道古典诗词对现当代诗词创作产生了哪些影响渗透,现当代诗词有着怎样的古典背景和艺术渊源,从而对古典诗词的现代价值和现当代诗词的艺术成就,做出切合实际、恰如其分的估价。二是以诗词史发展演变的丰富经验教训,作为现当代诗词创作的有益借鉴,指导现当代诗词的创新实践[28]。二者之中,创新显得更为重要和紧迫。创新云者,平实地说无非三个层面:一是形式上的创新,比如放宽韵脚,改用新韵等,但局部逾矩可,总体上则不可能有大的突破,因为形式上完全"破体",写出的就已经不是旧体诗词了;二是内容上的创新,为读者提供在前人诗词中不曾领略过的生活经验、情感经验和思想经验。因时代社会的变化,总会不断出现前人未曾经历见识过的新鲜事物,因此,当代旧体诗词在内容上的拓展,尚有可为；三是美感上的创新，追求审美的陌生化效果，摒弃熟俗，为读者提供不曾在前人作品中体验过的生新美感，可以是局部修辞上的，可以是语言风格上的，也可以是文本整体的艺术境界层面上的。美感的创新和内容的创新有所联系，当你捕捉了新鲜的生活经验，你的作品就有可能带来新的美感，但并不是必然带来新的美感。内容的新、语言的新、风格的新，并不能直接等同于美感的新。而不断地创生新美，才是旧体诗词的生死攸关，是旧体诗词这一古老的艺术形式，能够在当代乃至未来持续焕发新的生机和魅力，持久地吸引读者的关键所在，当然也是《南园词》作者和当代旧体诗词创研者们应当直面的根本问题。

［参考文献］：

① 胡适《文学改良刍议》，《中国新文学大系·建设理论集》，上海良友图书印刷公司 1935 年 10 月版，第 42 页。

② 参看杨景龙《现当代旧体诗词进入文学史的几个问题》，见中央文史研究馆、中华诗词研究院编《现当代旧体诗词进入文学史座谈会论文集》，2014 年 12 月。

③ 参阅海德格尔《诗·语言·思》，张月等译，黄河文艺出版社 1989 年 9 月版。

④ 《白居易集》，岳麓书社 1992 年 7 月版，第 799 页。

⑤ 《归园田居》其三，袁行霈《陶渊明集笺注》，中华书局 2011 年 3 月版，第 59 页。

⑥ 《南园词话》，蔡世平《南园词》，中国青年出版社 2012 年 7 月版，第 11 页。

⑦ 参看杨景龙《中国乡愁诗歌的传统主题与现代写作》，《文学评论》2012 年第 5 期。

⑧ 马斯洛《人的动机理论》，《人的潜能和价值》，华夏出版社 1987 年 2 月版，第 164-167 页。

⑨ 曹丕《杂诗》，逯钦立《先秦汉魏晋南北朝诗》上，中华书局 1983 年 9 月版，第 401 页。

⑩ 司马迁《史记·屈原贾生列传》，中华书局 1982 年 11 月版，第 2482 页。

⑪ 欧阳炯《花间集序》，赵崇祚《花间集》，文学古籍刊行社影晁本，1955 年 9 月版，第 1 页。

⑫ 《乐府指迷》，唐圭璋《词话丛编》一，中华书局 1986 年 11 月版，第 277 页。

⑬ 唐圭璋《词话丛编》一，中华书局 1986 年 11 月版，第 549 页。

⑭ 何良骏《四友斋曲说》，《中国古典戏曲论著集成》四，中国戏剧出版社 1982 年 11 月版，第 9 页。

⑮ 刘熙载《艺概》，上海古籍出版社 1978 年 12 月版，第 121 页。

⑯ 王国维《人间词话·删稿》，《蕙风词话·人间词话》，人民文学出版社 1984 年 9 月版，第 231 页。

⑰ 《乐府指迷》，唐圭璋《词话丛编》一，中华书局 1986 年 11 月版，第 281 页。

⑱ 《论词随笔》，唐圭璋《词话丛编》五，中华书局 1986 年 11 月版，第 4050 页。

⑲ 《白雨斋词话》，唐圭璋《词话丛编》四，中华书局 1986 年 11 月版，第 3977 页。

⑳ 王国维《人间词话·删稿》，《蕙风词话·人间词话》，人民文学出版社 1984 年 9 月版，第 226 页。

㉑ 参看杨景龙《诗词曲的艺术比较》，《中华诗词年鉴》首卷，中国民间文艺出版社 1988 年 11 月版，第 216 页。

㉒ 以婉约为本色、以婉约为词体之正的理念，深植于历代词人、

词论家的潜意识，使他们推尊本色、崇正抑变，几乎本能地排斥、贬低以诗为词、以文为词的豪放之作。陈师道《后山诗话》云："以诗为词，虽极天下之工，要非本色。"张绖《诗余图谱》云："大抵词体以婉约为正。"徐师曾《文体明辨序说》云："要当以婉约为正。"沈增植《菌阁琐谈》引王士禛语云："温飞卿词曰《金荃》，唐人词有集曰《兰畹》，盖取其香而弱也。然则雄壮者固次之矣。"这些说法，就是传统词人、词论家推尊本色、崇正抑变词学观的具体表述。

㉓ 黄伯思《校定楚辞序》，见吕祖谦《宋文鉴》卷九二。

㉔ 参看哈罗德·布鲁姆《影响的焦虑》，徐文博译，江苏教育出版社2006年2月版。

㉕ 《南园词话》，蔡世平《南园词》，中国青年出版社2012年7月版，第13页。

㉖ 王国维《人间词话》，《蕙风词话·人间词话》，人民文学出版社1984年9月版，第218页。

㉗ 参看蒂费纳·萨莫瓦约《互文性研究》，邵炜译，天津人民出版社2003年1月版。

㉘ 参看杨景龙《中国古典诗学与新诗名家》，人民文学出版社2012年11月版，第1-17页。

刊：《中华诗词古今演变学术研讨会论文集》，复旦大学2015年

杨景龙，著名学者、词学家、诗人。安阳师范学院文学院教授，著有《花间集校注》《蒋捷词校注》《中国古典诗学与新诗名家》《诗词曲新论》等。

蔡世平 解读

湖湘文化与蔡世平南园词

陈博涵

一、南园词，一种文学现象

2002年以来，蔡世平在他湖南岳阳居住的"南园"和北京京东寓所"南园"别署"补月楼"进行当代旧体词创作。2012年中国青年出版社以《南园词》为书名出版其词。这之后蔡世平便把他的词称为"南园词"。南园词也被学界同时称为"蔡词"。

《文艺报》2005年11月17日两个整版加按语刊发"蔡世平词选"79首和作家陈启文《词人蔡世平》的文章。《湖南日报》2007年1月5日，以"当代旧体词湘军突起"为题，大标题、大版面报道中华诗词学会2006年12月26日在北京文采阁召开的"蔡世平当代旧体词创作研讨会"。在旧体词创作上初露晨曦的蔡世平敏锐地意识到，一个中华诗词的好时代即将到来，更加坚定了南园词的创作信念。他向更高的目标走去。

2011年7月，蔡世平以南园词的创作实绩，由湖南岳阳市文联主席的岗位调入国务院参事室、中央文史研究馆，参与国家首个旧体诗词研究机构——中华诗词研究院的筹建，并于2012年出任常务副院长，主持诗词研究院日常工作，院长由中央文史研究馆馆长袁行霈先生兼任。

进京后的蔡世平视野更开阔了，责任感与使命感也更强烈了。他在继续南园词创作的同时，注目中华诗词的当代发展，结合自己的创作体会，提出了"作为文学的中华诗词""培育良好的诗词文化生态""中华诗词如何走向现代化"等不少有见地的诗词发展理论观点。撰写了十多万字的理论文章，在《人民日报海外版》《光明日报》《文艺报》《中华诗词》《中国韵文学刊》《心潮诗词评论》等报刊发表。这些文章已由中国新文学学会编辑结集为《中华诗词现代化散论》，由华中师范大学出版社2016年出版。由于蔡世平在旧体词创作与诗词理论上紧随时代，有独到的表现与见解，他还兼任《心潮诗词评论》主编。

蔡世平的南园词创作，甫一出手就呈现出相当高的艺术水准。作家陈启文《词人蔡世平》《蔡词，中华诗词延续与发展的一个可能性方向》，中国词学研究会会长、武汉大学教授王兆鹏《词体复合的"标本"》，著名词学家周笃文《扩展着的词艺地平线》，著名评论家、散文家李元洛《诗性思维的奇葩异卉》，文学评论家、北京大学教授王一川《当代旧体词的复兴者》等文章，给予南园词以非同寻常的肯定，这种肯定是方向性的，也就事实上为南园词定了调。

南园词受到社会和学界的普遍关注。十多年来，南园词评论和研究文章已达数十万字。目前，出版有中国词学研究会编的《南园词评论》中国青年出版社2015年版。湖南理工学院文学院王雅平教授《旧体词的当代突围——以蔡世平南园词为例》湖南省哲学社会科学基金项目，中国青年出版社2015年版 。语文高级教师、作家何文俊的《南园风景——蔡词赏析》线装书局2012年版。学界对南园词的评论与研究一直没有中断，由开始的感性评论已进入较深层次的学理研究，特别是安阳师范学院、词学家杨景龙先生的《试论〈南园词〉对传统词学的承传与超越》2015年复旦大学《中华诗词古今演变学术研讨会论文集》一文，极具学理深度。与此同时，《光明日报》《湖南日报》《国学周刊》香港《文汇月刊》《文学界》等报刊相继对蔡世平南园词进行了专访和深度报道。中国青年出版社编审彭明榜先生说："南园词受到如此既有宽度又有深度的关注，这在活着的当代作家中是极为罕见的，的确是诗词界的蔡世平现象。"

2014年，蔡世平作为北京航空航天大学驻校作家，为其开办的"中华诗词赏析与创作"研修班讲授诗词。近年来他还应邀去中南海海棠诗社、中国国家画院书法高研班、复旦大学、中山大学、南京师范大学、南京农业大学、西北工业大学、上海大学、国家图书馆、浙江图书馆、大连图书馆等数十所高校和学术团体讲授南园词和当代诗词创作。并多年为北京海淀区敬德书院、北京什刹海书院、君乡书院讲授诗词。2014年蔡世平作为中国国学研究与交流中心、中华诗词研究院"中华诗词访问团"团长率团访问台湾，就海峡两岸诗词发展，同台湾诗词界进行了深入交流。2015年4月，《人民文学外文版》译介了蔡世平六首南园词。

南园词以婉约为本，兼容豪放、清空、沉郁等多种体貌与表现手法，形成了"清潭石影"（王雅平《旧体词的当代突围——以蔡世平南园词为例》）的艺术风格。当南园词以一种独特的艺术风格影响当代社会的同时，我们强烈地感受到南园词所本有的湖湘地域色彩，这是"蔡词"得以形成的文化土壤，也是其生长定型的文化基因。

二、湖湘文化中的霸蛮精神，促使南园词一直往前走

众所周知，"霸得蛮"是湖南人的性格，也是湖湘文化精神之一。湖南人的这种"霸得蛮"在中国近、现代史上，由曾国藩、左宗棠、黄兴、蔡锷、毛泽东、彭德怀等先贤演绎得十分充分。据民国十一年续修《湘阴蔡氏族谱》记载，蔡世平的先祖蔡公石岩先生即为湘军筹措军需物资的将领。蔡世平就出生在由先祖蔡公石岩先生于同治年间修建的可以住十几户人家的"蔡家大屋"。

最初印象中的蔡世平给人感觉斯文儒雅，性格随和，但相识久了，便会发现蔡世平其实是一个外柔内刚，内心刚烈如火的湖湘汉子。只要他认准了的事，决不会优柔寡断，患得患失，而是不改初衷，一条道走到黑。正是这种蛮子精神，成就了他的南园词。

蔡世平在文学上的"霸蛮精神"表现之一是，选择文学毫不动摇。

蔡世平的文学梦始于少年时代。似乎是一种天意安排，与个人没有多大关系。蔡世平的童年、少年、乃至十九岁入伍部队之前，并没曾受到多少文学的熏陶。母亲不识字，父亲也只读过两年多私塾，并且在他出生的家乡几乎找不到一本唐诗宋词之类的书籍，身边更没有什么诗人作家之类的人物。几乎是毫无来由地，蔡世平爱上了文学，并且一爱到底。

上世纪八十年代初，蔡世平是军队提拔最快的团级干部之一，二十八岁就当上了大军区的处长，1989年他在兰州军区如鱼得水的时候，在军队可能有大造就的他，却放下了

十五年的部队积累和辛勤创造出来的优越的发展条件，毅然选择了转业。不管部队首长如何挽留，战友如何规劝，但他就是以十头牛也拉不住的蛮子精神回到了家乡。

在转业分配时，经部队首长介绍，蔡世平被安排在省委的一个重要部门工作。对军队干部而言，这是求之不得的好事。可蔡世平却听了老作家张行先生（湖南省建国后第一部长篇小说《武陵山下》的作者）一句话，就又放弃了进省会的机会。在兰州军区机关时，张先生常与蔡世平同桌吃饭，一起讨论文学，张先生自然了解蔡世平的文学梦。张先生带着一股浓重的湘西口音说："留长沙干啥子哟，还不如回家乡安心搞点创作。"蔡世平此时需要的正是这样一种文学上的心理支撑。

"霸蛮精神"表现之二是，南园词创作初心不改。

蔡世平的散文创作是有一定成绩的，上世纪八十年代主要执笔的《中国的边疆》后改名为《可爱的祖国边疆》由解放军出版社出版，发行二十多万册，获"第二届全国通俗政治读物评选"一等奖，军版图书评选三等奖。上世纪九十年代创作了颇受好评的《大漠兵谣》。八十年代，作家李桦、周涛、周政保就对其散文创作给予肯定与期许，新疆文学界认为蔡世平是最具潜力的文学新人。进入新世纪，陈启文、刘恪、穆涛等知名作家也给了他许多的鼓励与期许，认为蔡世平个人经历丰富，具备文学资质，思路开阔，散文创作大有可为。尤其是陈启文、刘恪等人一再劝他放弃旧体词的创作，全心致力于散文，但蔡世平就是听不进去，他执意要"做诗词界的一个擦鞋匠"（《词随心动，心与词飞——专访中华诗词研究院蔡世平常务副院长》《国学周刊》2014年10月16日）。

蔡世平专心致力于南园词，不但放弃了散文，同时也放弃了诗的创作。他的散文和新、旧诗从不拿出来发表，也不拿来说事。他要突出"南园词"这个符号，表明一个坚定的写作态度与人生志向。他说，他的人生社会经历包括当兵、从政、办报、经商，在机关单位给领导写材料、写文章，在电台报社做编辑记者，业余创作文学作品，也挨过饿、吃过苦、打过仗、受过难、有过甜。所有这些人生体验都是为完成南园词创作而准备的，也是湖湘文化对南园词的精神支撑。

"霸蛮精神"表现之三是，对当代诗词的认知自信与南园词的写作实践。

湖湘文化的"蛮"是"霸蛮"而不是"野蛮"，是道理能讲得通的"蛮"，是实践行得通的"蛮"。王船山经世致用的哲学思想，一直为湖南人所重视。湖南人重实践、重行动、重身体力行，在实践中有一种蛮劲与狠劲。这种蛮劲与狠劲，不为别的，就是要去证明自己想法的正确，能证实这个"理"、坐实这个"理"。

蔡世平之所以排除一切干扰，进行南园词创作，基于两个重要因素：一个是他在创作中找到从未有过的打通了的文学感觉，发现了自己、认识了自己，也定位了自己；一个是他看到了旧体词创作的美好前景正在悄悄到来。

旧体词创作有一种非常难处理的东西，往往是一首词的意思到了，格律到不了；格律到了，意思又到不了。但是蔡世平不存在这种情况，他在南园词创作中特别的"顺"，他谈创作时说"是一种愉快的不怎么费力就能抵达目标的感觉"。有了这样一种感觉，他就要用实践，也就是拿出称得上文学作品的当代旧体词作品来证明：旧体诗词并没有死去，它还活在今天的汉语言世界里，活在人们的日常生活中。

蔡世平认为，事物的发展总有着盛衰交替的道理，风水轮流转，江山日日新，三十年河东，三十年河西。旧体诗词经历了几十年的沉寂期后，一定又会一阳复始，睡莲花开。今天，人们对文学的喜爱一如既往，体现音韵之美的旧体诗词一定会受到全社会的重视。他说，汉语言文字是打不死的神蛇，旧体诗词也是打不死的神蛇。我们既然遇到了一个中华诗词的好时代，那么就要有这个时代的责任与担当。其实，蔡世平的南园词，也是一种扬长避短的创作策略。当写家们都挤在热门的小说、散文、诗歌、影视、戏剧领域的时候，蔡世平转而迷上边缘的不被主流文学看重的旧体词，而且义无反顾。这既是一种创作蛮劲，又何尝不是一种创作智慧。

三、湖湘文化中浓厚的乡土观念，渗入南园词肌体

重生命的扎根之处，重根子上的东西，是湖南人的思想特征，当然也是湖湘文化的重要特征。生命扎根之处在哪里？当然是他出生并且长大的那个乡村，乡村里的那一片土地。如同一株树、一棵草、一朵花，离开土地就会枯萎，所以在湖南人看来，土地和农业是一个人的立身之本。人是不能忘本的。湖南人"根"的观念极强，即便在外地做官或经商，都会把他现有的住处看成为寓所，当作"客居"。他的家始终是那个青山绿水，世代祖居的地方。我们知道齐白石

晚年一直居北京，但他的画作落款，总不忘写上"白石老人客京华"。这样，既是彰显自己的湖湘情结，也是在表明自己的湘人态度，告诉家人或社会，我白石老人始终是"客居"他乡不会忘了故乡。

我们看到南园词流露着浓厚的乡村泥土气息，同时，乡土观念也渗入南园词的肌体。南园，曾是蔡世平湖南的家。他在其自传体散文集《大漠兵谣》中这样记述南园："园中有山有石，池中有鱼有蛙，筑巢有蜂有雀，飘香有兰有桂。"他在南园词《水调歌头·春思》里说："回到黄泥地里，扯把湿皮青草，软舌舔春涎。一亩三分地，好种四时鲜。"在南园词《朝中措·地娘吐气》中写道："且将汗水湿泥巴，岁月便开花。闻得地娘吐气，知她几日生娃。　一园红豆，二丛白果，三架黄瓜。梦里那多蓝雨，醒来虫嚷妈妈。"没有对土地刻骨铭心的爱，便不会有如此单纯质朴的情。南园是蔡世平的一块耕种的熟土，一个安居的乐园，一处身体与灵魂的栖息地，当然也是世俗社会一个美丽而且安详的文化符号。

南园词就是人与土地的"词"。对南园词作整体观之，可以发现每一首词似乎都有大地的影子，泥土的芬芳。即便生活在北京这样的大都市里，蔡世平照样可以动情于泥土。他在乘地铁上下班的《浣溪沙·地虫吟》中写道："命里难移土地情。泥肠深处暂栖身。悠悠一曲地虫吟。　看久天光云影幻，感知地热气温真。京华我是土行僧。"南园词的出发点是土地，落脚点还是土地。南园词的地基就是泥土、就是大地。南园词是蔡世平深情吟唱的土地之歌，这是南园词所以感动人心之处。

如果把南园词仅仅看成是小乡小土、小情小调的书写，那就错了，南园涵蕴天地，乃是大自然的一个缩影。蔡世平在《南园楹联》中还有一副状写南园的楹联："南园栽树木葱茏，好留雀鸟谈天，要借天风，生成浩荡；家屋筑图书四壁，还请文翁讲古，便将古意化入苍茫。"蔡世平毕竟是一个走南闯北，见过大世面的人。他的眼里看到的是大地上的花红草绿，胸腔里翻滚的却是天海云涛，南园词于婉约之中呈现出一种上薄云霄的雄浑之气。

蔡世平认为，文明是人与土地共同建立的一种和谐的关系。没有人的土地是荒蛮的，离开土地的文明是难以想象的。厚德载物，土地承载人类活动的一切。南园词的思想光芒，正是由此生成。

南园词赋予土地以无限生机，唤醒人们对于土地的大怜爱、大慈悲，这正是今天现代化建设中需要特别珍视的地方。他说丰子恺先生一生都画《护生画集》，有一幅画是被批斗受屈辱后画的。画一条蛇在鼎沸的汤锅中，这条蛇腹部高高隆起，因为是一条怀孕的蛇，不让腹中的小蛇煮死，这真是令人感动。护生不是养生，而是爱生，爱护生命；敬生，尊重生命。现在不少养生之道，只养自己，不养大地。比如有些造纸厂，本来造纸是用来传播文明的，可是造纸的污水却不经治理，直接排入大地，这是文明的堕落。因为大地才是我们的一个大生命，需要我们时刻养护。南园词彰显着这种关于土地的思想与情感。

四、湖湘文化中的魔幻色彩，拓展南园词的艺术空间

如果说黄河流域的《诗经》是世俗的，那么长江流域的《楚辞》就是浪漫的。如果说《诗经》是地上的，那么《楚辞》就是天上的，天与地结合而成人间大美。在中华文明的初启阶段，流淌在中华大地上的两条大河产生了两部伟大的诗歌作品，共同奠基了现实主义和浪漫主义的中华文学传统。

湖湘文化学者研究湖南区域文化形态，最早是由三苗文化、南蛮文化、扬越文化等各种氏族部族文化构成的，然后发展至春秋战国时期的南楚文化。"从春秋战国到秦汉帝国，湖湘地区作为楚文化的组成部分之一，其文化特质就是楚文化，因湖湘在楚图南部，故而亦称之南楚文化。"（朱汉民《湖湘文化与中国文化主体性建构》，《新华文摘》2014年第17期。）汉代王逸在《楚辞章句》中说："昔楚国南郢文邑，沅湘之间，其俗信鬼好祠，其祠必作歌乐鼓舞以乐诸神。"人神都喜欢歌舞，人就歌舞以乐诸神，求得神祇对人间的护佑，风调雨顺，谷物丰盈。这种"信鬼好祠"的文化习俗，必然深刻影响屈原的诗歌创作。屈原的《楚辞》，不仅直接提升了南楚文化习俗的精神意义与文化价值，更是拓展了华夏民族乃至全人类的精神空间与精神品质。

楚文化的根在今天仍是活的。湖南人每遇重要节庆或婚丧活动，还伴有舞乐形式以祀天神、祭地祇、敬祖先。在上世纪五六十年代，湖南人春节吃年饭前，还要用煮熟的鸡鸭鱼肉白米饭，在祖宗牌位前焚香跪敬后才可以一家人围桌吃饭。据说这种习俗今天又在部分乡村中慢慢恢复。在湖南人严肃而纯粹的文学作品里，都有不少表现神怪现象的题材。

毛泽东那瑰丽神奇的诗句，"九嶷山上白云飞，帝子乘风下翠微。斑竹一枝千滴泪，红霞万朵百重衣"，更是直接受启于屈原的《离骚》《九歌》。

南楚文化对南园词的影响是深刻的。蔡世平的生养地离汨罗江不过数里，汨罗江与洞庭湖融为一体，血脉相连。蔡世平常行走流连于汨罗江畔，感受"蓝墨水的上游"奇异的自然风光与人文习俗。他还于不惑之年，在传说屈原创作《离骚》的落卷坡搭架支床，居住了两年，让洞庭湖拍岸的涛声和着屈原的泽畔行吟，轻轻入梦。安阳师范学院教授，著名词学家杨景龙先生在《试论〈南园词〉对传统词学的承传与超越》一文中指出："楚文学、楚文化的影响，也给《南园词》烙下了明显的痕迹。在某种程度上，说《南园词》'书楚语，作楚声，纪楚地，名楚物'，亦不为过"。并从"语言层面"，如"些些""兮""娘"等古今楚人语词屡屡出现；"体式层面"，如"《水调歌头·山鬼》橐栝《楚辞·九歌·山鬼》的跨文体改写，把《九歌·山鬼》孤寂凄艳迷离的抒情调性，变为民间故事传说的欢快活泼"；"心理层面"，如"楚人好淫祀，楚民族人神不分、万物有灵的原始心理图式，正是《南园词》中志怪、传奇之作的深层心理发生机制。"

魔幻色彩是诗人通过表现神灵世界，或借助神灵的力量与帮助，完成作品的创作，从而达到人力所不能达到的艺术效果。在《贺新郎·题龙窖山古瑶胞家园》中，蔡世平能于"石寨沉沉荒草里"，感受到"尚依稀，门动瑶娘笑"。在《万年欢·踏月瑶娘》中，能在"月下烟轻"时，看到"山魂水魄，翩然自舞"，"三五瑶娘，踏月旧家庭户"。在《永遇乐·老屋纪事》中，还能够与先祖对话，"阴阳阵里，人神相诉"。

再举《念奴娇·罗子国公主》为例。前有小序记其本事：台湾邓素贞女史，德、慧、慈、能，艰辛创业，富家资。然命途多舛，终日郁闷难欢。一日夜梦，前世乃二千五百年前春秋罗子国公主，因虐待宫娥，颇多手段，转世今生遭此报应，惟多行善事方可化凶为吉。邓八方打听，史书查找，遍寻罗子国不着。2004年随友人游湖南，至汨罗。席间知罗子国都城遗址即在今日汨罗江畔琴棋望，有石碑可证。邓喜不自胜，实地察看，泪如泉涌，身卸千斤。乡音犹熟，旧物犹存，故土黏心，殊觉亲切。数年间，邓捐资1.2亿元人民币用于汨罗市教育及慈善事业。佳话亦神话，代公主制南园词念奴娇二题以记。其词曰：

其一

有谁知我，是千年公主，国王后裔。罗子国都都几许，但见石碑留记。草暗池塘，瓜红木叶，蚕语牵丝细。香泥盈鼻，万般千种滋味。　　遥想昔日都城，画墙绣柱，我导宫娥戏。嚷杏呼桃抬竹轿，摇到日低人睡。旧物犹存，乡音犹熟，醉了相思地。琴棋望处，汨罗江水流碧。

其二

断桥还过，向江村深处，依然行走。瓜熟民间烟火旺，暖热王宫公主。似是前朝，又疑今日，身在何时候？乡关日暮，烛光一点如豆。　　不问尘世苍茫，平生自觉，直与天长久。万象从来人不管，但听晓莺啼曲。蝶梦庄周，庄周梦蝶，一梦成今古。蝶衣收拾，村童前又招手。

文学是对人何来何去的终极追问。宇宙是恒久的，但人类却是年轻的，有文字记载的人类文明史才五千年，与亿万斯年的宇宙比真是年幼得可怜。人对自身的认识还刚刚开始，人对宇宙的认识更是微乎其微。两千五百年前屈原的《天问》，今天并没有得到满意的回答，仍然召示今天的文学继续"问天"。南园词《一寸金·青山石斧》序中记述作者游洞庭湖青山岛新石器时代遗址，"得石斧一枚，锋刃犹存，尚能切瓜剁菜"，词人于是"岛国神游，与先人一会"：

石斧寒芒，切断涛波万重雾。见洞庭岛国，参差猎影；青山门洞，淡浓烟句。怯怯娘家路。芦花荡，搏鱼渔父；篱蓬里，樵母炊瓜，紫叶青藤细腰束。　　黑背蛮哥，桠头捉果，枝下咿呀女。听楚音犹熟。一时情起，喊声姐姐，亲亲先祖。泪眼莹莹蓄。呼呼也，天风旧曲。悠悠也，水魄山魂，一梦成今古。

词作以丰富的想象，状写了新石器时代先民的形象和生活。词人对中华民族源头的追寻企慕和深情眺望，流露出潜意识中的原始记忆和原型心理。词作通过还原先民的逼真形象与生活场景，给今人以参照和思考。今人应当怎样生活，抱一种什么样的生活态度，留下怎样的形象和生活给我们未来的子孙？这的确是今人需要交给未来的一份答卷。文学的寻根及其对人与事物源头的探求，是文学的根本属性，亦是文学的思想资源。对此南园词没有沉默，并保持了足够的清醒。魔幻色彩无疑拓展了南园词的艺术空间。

刘勰在《文心雕龙》中曾说，"山林皋壤，实文思之奥府"，并认为屈原之所以能够体察"风""骚"的情韵，大概得益于"江山之助"。如果用同样的视域来看蔡世平的南园词，这种"江山之助"的文学经验简直体现得淋漓尽致。六朝时期，刘勰凭借对"楚辞"的理解，揭示了湖湘文化的独特魅力。今天，我们在蔡世平的南园词中又重新找回了这种一以贯之的文学精神。如今，蔡世平由湖南入住京华，虽以"南园"名其寓所，以示本心所在，但其笔下的南园词正以清秀不俗的姿态步入主流文坛，影响着当代旧体诗词的创作方向。

2015 年 8 月 北京

刊：《文献与人物》2016 年第一期

陈博涵：文学博士。致力于中国儒家文化，中国文艺思想史和传统工艺文化等领域的研究，出版《月到风来——元代诗文思想与书画观念研究》等著作。供职于中国社会科学院中国历史研究院。

后　记

　　2005年我出第一本词集《蔡世平词选》，编选作品时，河南大学教授，著名作家、评论家刘恪先生对我说，你应当把自己不甚满意的作品也收一些进去，可以看到你的创作整体面貌，人家写评论也有话好说。今天想起来这话有一定道理。

　　人是社会的，作家的写作虽然有自己的独立主张和坚守，但仍然会受到社会的影响。尤其中华诗词的友情表达、应酬唱和是一个绕不开的题材，也是一个重要传统。我们注意到，新文学创作的作家，没有见过有人会要求他（她）写一篇小说或是散文送给自己，但旧体诗词写作，这种事就会经常发生，这也就是新文学与旧体诗词的不同。当然自由体新诗也有这样的写作，如致某某，但一般都是诗人的主动写作，没有被要求这样写的。

　　多年来，人家请我写个赋、写首词的事常有，我也不便推辞。但我不当是应酬，而是深入思考，认真创作，称得上是一首艺术作品才拿出来，甚至根本看不到应酬的痕迹。有时候这种写作也产生了自己比较满意的作品。你写了，人家当然希望发表出来，收进集子里。当然，也还想保留一个写作及今的一个较为全面的词稿，所以《南园词稿》就收录了2002年以来差不多全部南园词。

　　采薇阁文化公司王强先生对《南园词稿》的出版予以大力支持，在此表示衷心的感谢！

蔡世平
2019年3月15日　南园读书楼